Ana sonríe

DENISE PHÉ-FUNCHAL

❯ Pro Latina Press

Ana sonríe
Denise Phé-Funchal

Copyright © Denise Phé-Funchal

© De esta edición:
  2022 Pro Latina Press
  www.prolatinapress.com

  Editora: Maria Amelia Martin
  Diseño gráfico: Álvaro Dorigo
  Imagen de portada: Gary Barnes

  ISBN 979-8-218-10679-9

Ana sonríe

DENISE PHÉ-FUNCHAL

novela

Para Marcelo.

El placer termina y comienza la tristeza. Y sin embargo valió la pena.

RAFAEL MENJÍVAR OCHOA - *Terceras personas*

Ana sonríe

Es agosto y llueve. En el estudio al final del patio, los pinceles descansan por todas partes, los pomos de pintura, adornados con gotas que se deslizaron para secarse y pequeñas arañas se asoman detrás de los cuadros inacabados, un poco enmohecidos, recostados al fondo del estudio de paredes blancas manchadas por viejas pruebas de color. Ana no fue a trabajar. Esa mañana decidió quedarse en casa. Luego de dejar a los chicos en el bus, volvió, cerró la puerta principal con llave, llamó a la oficina, dijo que los chicos estaban enfermos y pidió permiso para quedarse con ellos. El jefe no preguntó nada pero Ana supo que la despediría. El perro amarillo está sentado a su lado frente al ventanal que da al pequeño patio interno. Llueve. Mientras acaricia la cabeza del perro amarillo, Ana piensa en las miles de cosas que puede hacer para ganarse la vida luego del lunes. La voz del señor Abe era definitiva, como la de Carlos aquella vez que le había dicho el lunes hablamos, Ana. Ocho años después y aún puede escucharlo decir el lunes hablamos. Mientras camina por el largo pasillo de la casa, sueña con las voces de los chicos, con sus risas. Piensa en lo que le contarán que vieron por la ventana del bus, lo que hicieron ese día. Llegarán pronto pero Ana se va para atrás, a la pequeña cabaña que alguna vez acomodó como estudio. La puerta se abre a las seis y media, como siempre. Las voces de los chicos y de Alba —la mujer que los recoge en la parada del bus y se queda con ellos hasta que Ana vuelve— inundan la casa. El perro amarillo sale a recibirlos, no mueve la cola y ladra, ladra sin parar. Alba lo calla pero el perro sigue, no juega con los chicos, ladra frente a la puerta del jardín que Ana cerró. Cuide la casa, le había dicho mientras se quitaba los zapatos. El perro quiso seguirla y trató de evitar que cerrara la puerta interponiendo su hocico. Ana, que ya había bajado un par de gradas, lo empujó con la rodilla derecha y repitió, cuide la casa, ladre cuando vengan los chicos, y cerró la puerta. El perro la escuchó bajar las gradas descalza, sus pies chapoteaban en las pozas de las desiguales gradas, luego la escuchó caminar despacio por el camino de lozas que atravesaba el jardín. Cuando se mudaron a esta casa, Ana había sembrado un huerto. Ahora sólo crecía la hierba alimentada por la lluvia. La escuchó alejarse por el camino y percibió el cambio en el sonido de los pasos lejanos cuando Ana entró al estudio. Ana no encendió la luz. El perro se echa frente a la puerta del jardín hasta que escucha la llave meterse en la cerradura principal y sale corriendo a recibir a los chicos. Ana no enciende la luz cuando la tarde termina de caer. Sabe que los chicos han vuelto del colegio. Desde la ventana del estudio mira hacia la casa, la luz de la cocina se enciende y el perro ladra. Recordó el primer día en su estudio. Los chicos jugaban afuera, decidían dónde sembrarían tomates y zanahorias, dónde iría el albahaca y el perejil, ponían banderines de paleta de helado y papel con dibujos que habían hecho por la mañana y que permitían identificar las macetas para los chiles de aquellas donde iría el ajo y de la otra destinada a la hierbabuena. Mientras los chicos reían, ella arreglaba el estudio, colocaba cuidadosamente los botes de pintura, los pinceles y los botes de solvente. En un rincón había colocado una canasta de mimbre alta y profunda en la que guardaba cosas que le ayudaban a darle textura a los fondos de sus cuadros. Papel aluminio, hojas secas, telas y cuerdas de distintos grosores. El perro amarillo era cachorro y jugaba con el trapeador que había dejado recostado junto a la puerta. Ana preparaba su espacio. Ahora el perro ladra de nuevo. Ana mira su reflejo en el espejo que, cinco años atrás, había colocado sobre una de las paredes para que la pequeña habitación pareciera más grande. La luz del patio vecino que entra por la ventana alumbra la canasta de mimbre, Ana se acerca y saca una a una las cosas. Telas, papeles, cuerdas delgadas, lanas, cuerdas gruesas, todas llenas de polvo que cubría los rastros de pintura de colores. Los chicos abren la puerta del patio pero la voz de Alba que les dice chicos vamos a la tienda, los detiene. Sólo el perro sale corriendo, busca a Ana en el estudio, se queda un momento con ella mientras acomoda el banco también lleno de manchas de pintura y cubierto por el polvo. Ana le rasca la cabeza y se inclina para darle un beso en la punta de la nariz. El perro gime. Sale corriendo, atraviesa el jardín y espera inquieto a que Alba y los chicos vuelvan de la tienda, los espera ladrando. Cuando Alba mete la llave en la cerradura, la vecina asoma la cabeza a la ventana y dice algo le pasa a ese perro, lleva ya un par de minutos casi aullando, qué raro porque la señora Ana volvió hace rato. Los chicos entran corriendo, llamando a Ana, pero nada, sólo el silencio más pesado que el ladrido del perro amarillo que corre veloz a través del patio, de un lado a otro, va y vuelve y para frente a la puerta del estudio y ladra más fuerte sin mover la cola y vuelve a correr. Alba enciende los reflectores que alumbran el patio y les dice a los chicos que caminen sobre las piedras, que con este clima y la hierba crecida puede salir un sapo por ahí o una alimaña y darles un susto. Mientras se acercan al estudio, los chicos le apuestan a Alba que seguro un gato o una enorme rata se ha metido al cuarto empolvado. El perro amarillo ladra, los pasos de los chicos suenan en los charcos, sus risas llenan el jardín. Los chicos ríen imaginando a mamá subida en un banco, quizá sobre la mesa, protegiéndose del animal que la tiene encerrada en el estudio. Ríen. Ana no los escucha. El perro ladra. Frente a la entrada del obscuro estudio los tres tragan saliva antes de que Alba, nerviosa y sonriente, con un palo en la mano, se decida a empujar la puerta. El chico ríe nervioso y cierra los párpados, la chica lo imita y toma fuerte de la mano a Alba que pronto grita. El perro ladra. Ana sonríe. Los chicos no pueden hablar. El banco está tirado. Ana cuelga al centro de la habitación. Una cuerda gruesa, con manchas de distintos colores rodea su cuello.

I

Ana sueña

Ana se despide de los chicos que corren a la parte trasera del bus para decirle adiós. Aún es temprano. Tiene tiempo para el segundo café de la mañana, hojear el diario, ponerse los zapatos de tacón, servir la comida del perro amarillo, el agua y revisarse el maquillaje. Son las seis treinta de la mañana y en media hora, a más tardar, debe salir rumbo al trabajo. Atravesar la calle, ser bañada por el humo de un bus o de un camión viejo, esperar la unidad y hacer el recorrido de cuarenta minutos que la deja a dos calles del trabajo. Mientras camina, Ana sueña con tener un auto pero cada vez que cierra los párpados pensando en él, recuerda el accidente, el amigo al volante, ella con la niña en los brazos, dos perros —uno gris y una café— en el sillón de atrás, con el niño. Una curva y luego el barranco, el auto plateado perdido para siempre y ella, con tacones rotos y falda rasgada, sacando a todos del auto. Los niños bien, el amigo bien, los perros muertos. Ana olvida el auto. Hoy no, no quiere subirse al bus lleno de gente triste que mira por la ventana, no tiene ganas de esquivar el retrovisor del bus por miedo a encontrar en sus rasgos la misma mueca triste de todos los que viajan con ella. Esperará a que sean las siete y media, a que el señor Abe esté en la oficina y llamará, dirá que los chicos están enfermos y que debe quedarse a cuidarlos. Ana camina las dos calles que separan la parada del bus del colegio y la casa. Aspira el olor de la panadería y sueña con los panecillos con mantequilla que su abuela Libertad preparaba por las tardes. Nunca los probó, eran solamente para don Santiago, su padre, que los tomaba con chocolate caliente después de la cena. Los imaginaba suaves y moría por probarlos recién salidos del horno, con la mantequilla que se derretía sobre un poco de azúcar. La abuela Libertad decía que las buenas madres cocinan para sus hijos, conocen sus gustos y los complacen, pero no dejaba que Gregoria se metiera a la cocina y preparara platillos para sus hijas. Ana tampoco había inventado platillos para los chicos, pero siempre que pasaba por la panadería, se decía este fin de semana, de este no pasa que haga algo para ellos. Ana atravesó la calle frente a

17

la panadería y pasó a la tienda, pidió un cartón de leche y tardó un poco más de lo común en pagar, se distrajo con las campanas de las iglesias cercanas que a coro indicaban que faltaba un cuarto para las siete. Ese día no corría, no pensaba en que ya solamente tenía tiempo para servir la comida del perro amarillo, ponerse los tacones y revisar el maquillaje. No iría a trabajar y faltaba más de media hora para llamar al señor Abe. Le dijo que tenga buen día, al señor de la tienda, y antes de seguir caminando, se tomó unos segundos para respirar el aire ya contaminado de la mañana. Cuando tenía tiempo, como hoy, Ana se desviaba y bajaba hasta la calle en la que vivió con Carlos. El pequeño apartamento de tercer piso estaba ahí en el edificio que aún conservaba el nombre de El Cielito. El espacio que ella y Carlos habían ocupado aún tenía persianas blancas, como si ellos continuaran ahí, como si detrás de ellas se viera su caballete estallando en colores, como si sonaran desde la mañana las sinfonías que Carlos disfrutaba. Nunca paraba más de diez segundos frente al apartamento, pasaba caminando, repitiendo el ritmo de sus pasos de cuando se apresuraba para recorrer la media cuadra desde la esquina, abrir la puerta, subir las gradas, entrar a casa y estar con él o esperarlo. Al inicio le pareció tan perfecto que el edificio se llamara así, El Cielito. Quiso creer que era un presagio de felicidad. Frente a la puerta, y por diez segundos, Ana cerraba los párpados y soñaba con él corriendo la persiana para verla. Aún parada en la esquina de la tienda, Ana piensa en Carlos que murió hace cuatro años. Un ataque al corazón. Cayó frente a sus alumnos. Decían que antes de tocar el piso ya estaba muerto. Ana se había negado a verlo metido en una caja. Lo de sentirse intrusa en un funeral en el que muerto no le pertenecía no se le pasó por la cabeza, ella tenía más derecho que la mujercita aquella que por accidente se olvidó de tomar los anticonceptivos. Carlos era suyo, de nadie más. En realidad, Ana le tenía miedo a las cajas de muerto desde que creyó ver a su padre respirar tras el vidrio. No quería verlo rodeado de flores, no le gustaban las flores. No fue al funeral, no se vistió de negro, llevó a los chicos a casa de Loreta y Gregoria, y robó del botiquín unas pastillas para dormir que su madre guardaba desde la muerte de la tía Paula, dos años atrás y que luego seguiría comprando en la farmacia a unas cuadras de la oficina, le pagaría unos billetes más al tipo que atendía para que se olvidara de pedirle la receta. El día que Carlos murió, encargó a los niños en casa de su madre, dejó dinero y ropa y volvió a la casa. Desconectó el teléfono, llamó a Carlos por toda la casa, en cada esquina, como alguna vez viera hacer a su padre, Don Santiago, luego de la muerte de la abuela Libertad. Intentó hablarle y tomó las dos pastillas blancas, se recostó sobre la cama y sintió sus músculos relajarse despacio, dormirse uno a uno. Ana se soñó pequeña, soñó la finca en la que había pasado unas vacaciones de fin de año. Soñó los caballos y volvió a escuchar a los sapos que cantaban toda la noche y que le daban miedo. Caminaba por el patio, temblaba, pero su yo del sueño no paraba de caminar. Ana intentaba cerrar los párpados pero no podía, seguía viendo la hierba crecida a su alrededor. Llovía y los sapos cantaban. Llegaba a la galera en la que dormían en la finca, la puerta estaba abierta y podía verse, podía ver a sus hermanas y a su padre durmiendo, boca arriba, vestidos de blanco, su padre tenía entre las manos una cuerda, la cuerda desgastada con la que en esas vacaciones le enseñó a hacer nudos corredizos, mientras Ana pasaba los días boca arriba luego de la golpiza por el episodio de la gallina. Ana no podía controlar a su yo del sueño, no quería entrar pero dio un paso. Todos dormían sin sábanas, bajo mosquiteros de tul, alguien lloraba en una esquina, el murmullo crecía mientras Ana se adentraba en la habitación. La luz se colaba por una ventana y el llanto se escondía en lo obscuro. Ana se quedó parada en medio de las camas en las que descansaban los cuerpos y el murmullo creció. De la esquina salieron cientos de mujeres vestidas de negro, que se acercaban con pequeños pasos y lloraban. Ana no podía moverse y las mujeres la rodearon. No podía verles las caras, no podía levantar el rostro, sólo veía sus bocas retorcidas de penas, sus lágrimas que corrían por las manos nudosas que tapaban sus párpados y se estrellaban contra el piso. Cuando todas lloraron a coro, cuando los suspiros fueron uno solo y las respiraciones se cortaron en el mismo instante, las mujeres se dispersaron,

19

se integraron a las paredes y Ana quedó sola. Las camas habían desaparecido y sólo escuchaba un llanto a sus espaldas. No quería voltear. Rezó mientras su cuerpo giraba para encontrarse con la abuela Libertad mal metida en una demasiado pequeña caja cuadrada y blanca, rodeada de flores y Ana volvió a sentir el aroma del viejo cuerpo descomponiéndose y el aroma de las margaritas, de los pompones y de los lirios que rodeaban a la abuela, desprendiendo un olor dulce que se mezclaba con la carne muerta, con la peste de los líquidos que a veces se escurrían de la boca del cadáver. Ana deseaba ver a Gregoria o a don Santiago limpiando el rostro de la muerta, como lo hicieron en el funeral de cuatro días y medio que su padre dispuso para asegurarse de que la abuela Libertad no despertaría dentro de la tumba. Pero no estaban, no eran ellos quienes lloraban. Ana no quería saber quién era pero su cuerpo giraba de nuevo, giraba buscando el origen del sonido y ahí estaba, un bulto que lloraba, cubierto de cabeza a pies por un manto obscuro, acurrucado en una esquina. Por momentos el llanto paraba de imitar el canto de los sapos y soltaba una minúscula risita y Ana temblaba, quería despertar y no podía, el olor de la abuela y de las flores aumentaba, las paredes se cerraban, se acercaban con pasos pequeños como las mujeres, el bulto estaba cada vez más cerca, más cerca el lamento. La habitación se cerró completamente, Ana quedó casi sobre la abuela cubierta de flores, de pedazos de jarra que se habían estrellado contra sus huesos duros y mal doblados en la caja, el bulto lloraba frente a Ana que no podía cerrar los párpados, las paredes se seguían acercando, más despacio ahora y el bulto se levantaba, el manto se deslizaba, Ana no podía levantar la cabeza, sólo miraba los brazos de la abuela, parte de su rostro, el líquido saliendo de sus labios, margaritas y el bulto, las manos del bulto, las manos de Carlos descubiertas por el manto que se acercaba para abrazarla, el rostro muerto y pálido de Carlos que lloraba y de cuya boca entreabierta y rellena de algodón se escapaba el llanto y la risa, la risita. Ana despertó. No sobresaltada porque el cuerpo aún dormía. Durante el resto de la noche y por varios días, sintió el aroma de las margaritas descompuestas. A la mañana siguiente, casi con el amanecer fue por los chicos, los llevó a casa casi dormidos y les preparó el desayuno. Ana mueve la cabeza de un lado a otro, espantando el recuerdo del sueño. Las campanas anuncian las siete. Ana imagina la puerta de El Cielito y decide que aunque tiene tiempo, irá directo a casa, no tiene ganas de sentir el cosquilleo en el estómago, ni la sensación de miedo y ansia que le da cuando piensa en subir la mirada y quizá, sólo quizá, encontrarse con los ojos de Carlos. Ana camina, cruza la calle y camina hasta la casa. El perro amarillo escucha los pasos acercarse. Corre desde el fondo del pasillo principal para recibirla. Ladra antes de escuchar la llave en la cerradura. Ana ama al perro amarillo y le acaricia la cabeza al entrar. Le cuenta sus planes mientras traga dos minúsculas pastillas y le pide que le avise cuando sean las siete y media.

Loreta llama

Loreta deja las llaves sobre la mesa que está junto la entrada del apartamento. Las deja caer sobre la porcelana con paisaje azul. Disfruta el sonido de las llaves estrellándose suavemente contra el platito, cierra la puerta, se quita los zapatos, tira la bolsa sobre el sillón y suspira. En casa son las seis y media de la mañana, piensa en Ana y en los chicos esperando el bus del colegio, piensa en el rebaño de cabras que seguro pasa frente a ellos, en el desfile de madres y niños, en los adolescentes que alargan el paso intentado detener el timbre del colegio. Llamará a las siete menos cuarto, sabe que Ana sale a las siete en punto para tomar el bus que pasa más o menos a las siete y cinco minutos en la esquina de la calle siguiente, ahí, frente a la casa en la que se crió Gregoria desde que su madre murió, y su padre decidió colocar a sus seis hijos y cuatro hijas menores de edad entre parientes y amigos. Con el paso de los años le perdió la pista a casi todos, sólo Paula que vivía en un país vecino se comunicaba con ella. Loreta guarda años de cartas de lo cotidiano. A veces le gusta soñar que la vida de familia, los paseos, la tranquilidad que cuenta la tía Paula fue parte de la vida de su madre. A Gregoria la rescató Rodolfo —el mayor— que acababa de casarse con una viuda rica e infértil que, aunque lo había elegido como marido, no lo consideraba de su misma clase por no tener ancestros con apellidos ilustres, ni con fortuna que acompañara su aroma de hombre, sus hombros anchos y su sonrisa perfecta. La viuda quería dejar su fortuna en manos de sus sobrinas, a pesar de que muchos vaticinaron, incluso hicieron apuestas de cantina —que nunca llegaron a cobrarse— a favor de Gregoria, ya que podía decirse que la trataba como a una hija a quien dio educación propia a su sexo y para quien dispuso habitaciones y mobiliario tanto en la casa principal como en el chalet de descanso en las afueras de la ciudad. Los detractores de la idea, le recordaban a sus contrarios, que Rodolfo era veinte años menor y entre risas comentaban el agradecimiento de la viuda y, antes del próximo trago, decían que darle un lugar en la casa era lo mínimo que podía hacer por la niña. Ahora esa casa frente a la que Ana toma el bus que la lleva hasta la oficina, es un parqueo que sólo conserva, por leyes municipales, la fachada austera que fue remozada por última vez en el año en que Gregoria llegó. Cada vez que pasaban enfrente, Gregoria apretaba la mano de Loreta. A lo largo de los años en los que caminó de la mano de su madre, la niña identificó que era frente a una ventana en específico que sentía los huesos y las uñas de Gregoria clavarse en su piel. Alguna vez, estando mayor, cerca de la adolescencia, le preguntó por qué, pero solamente le contaría la historia de la habitación de la ventana, años más tarde mientras Loreta lloraba con el corazón en pedazos. Pero esa vez, ante una Loreta preadolescente, se limitó a fruncir la boca y a negar con la cabeza mientras evadía la mirada de la hija, que ahora piensa en comer rápido. Loreta debe volver al trabajo que le queda a quince minutos a pie. Preparar algo fácil, piensa mientras abre la alacena y sus ojos recorren el estante sobre el que descansan los enlatados. Quisiera volver a probar el arroz de la abuela Libertad. A Gregoria nunca le quedó igual. La última vez que lo comió fue el día que la abuela murió. Don Santiago la encontró subida en una silla, comiendo directo de la olla frente a la estufa fría. La bajó y la abofeteó. Le salió sangre por la boca y por la nariz y luego la abrazó, le pidió disculpas princesa, disculpas mi niña y lloró mientras la cargaba y la llevaba hasta la habitación en la que descansaba el cuerpo de Libertad, con monedas sobre los párpados y un pañuelo de dolor de muelas rodeando su mandíbula, terminado en un moño —apretado con rabia— sobre la cabeza. La bajó, le limpió la boca y la nariz y le dijo dele un beso a la abuela, pídale disculpas por comerse el arroz. Loreta no quería, pero sintió la rabia que a su padre comenzaba a subirle por las piernas y se inclinó sobre la abuela, que por suerte olía al azafrán del arroz que había terminado de cocinar justo dos minutos antes de sentarse en la silla de la cocina, frente a la carne y las verduras que esperaban ser cortadas. La abuela se sostuvo la cabeza y Loreta que jugaba en una esquina de la cocina, escuchó un lamento pequeño que caía por el cuerpo viejo mientras Libertad se echaba hacia atrás, recostaba la cabeza sobre el respaldo de la silla de madera. Segundos después, Loreta vio que una de sus manos caía a un lado. Pensó que la abuela se había quedado dormida y no fue sino hasta una hora después, cuando —por suerte— jugaba en el patio, que Don Santiago entró a la cocina y al encontrar el cadáver de su madre se volvió loco y comenzó a gritar. Gregoria corrió hasta la cocina, se quedó en el umbral, pero él se le fue encima mientras gritaba, dónde estaba, mi madre muriendo y usted, y usted, le decía mientras la batía a golpes y Loreta pudo ver la rabia que escalaba el cuerpo de su padre, la misma que sintió se aproximaba a él cuando ella dudó en darle un beso a la abuela muerta. No quería que la batiera a golpes, no quería estar como su madre, tras una mantilla negra que no dejaba ver los moretones, los labios hinchados. Loreta tomó una lata de atún, cerró la alacena, alcanzó el pan que estaba sobre la refrigeradora que luego abrió para sacar mostaza y un bote de vidrio en el que nadaban unas pocas aceitunas. Se preparó un sándwich y comió de pie, rápidamente, mientras ojeaba la publicidad que había recogido del buzón al entrar. Vio una promoción de zapatos que seguro le gustarían a Ana y consultó la hora. Si no llamaba en ese momento, no la encontraría en casa. Se apresuró a tragar el último pedazo de pan con atún y aceitunas y buscó el teléfono y marcó. Nadie contesta. Son las seis cuarenta e imagina que Ana estará arreglándose el maquillaje, poniéndose los zapatos de tacón altísimo y corriendo hacia el teléfono, pero no, Ana no contesta. Quizá el bus del colegio se ha atrasado, esperará unos minutos y volverá a llamar, llamará luego de lavarse los dientes. Va al baño, abre el botiquín de pared, saca el cepillo, el dentífrico, el hilo y el enjuague bucal. Puso todo en orden de uso sobre el borde del lavamanos y cierra la puerta del botiquín. Encuentra su rostro alumbrado por el neón, con las arrugas claras, con todos los días encima y puede verse el labio hinchado, puede sentir la sangre que había tragado porque su padre luego de abofetearla, se inclinó para pedir perdón pero cuando la levantó para cargarla, le advirtió que no le manchara el traje. La había abrazado fuerte, muy fuerte mientras le decía, perdón princesa. Pasa la seda entre sus dientes, aprieta el tubo y la pasta que huele a canela cubre el cepillo. Se lava por más de cinco minutos mientras intenta insertar en su memoria el recuerdo falso de ella diciéndole a su padre que había comido el arroz porque tenía hambre, porque nadie se había ocupado de darles de comer, porque a la abuela ya no había tenido tiempo, porque eran más de las dos de la tarde y habían pasado casi siete horas desde el desayuno. Por más de cinco minutos las lágrimas corrieron por su rostro. Siempre se preguntó si de haberle dicho eso a su padre la hubiera salvado de los golpes o si, quizá, otras bofetadas se habrían acumulado sobre su rostro. Loreta se cepilló los dientes hasta que la sangre salió de sus encías, hasta que sonaron las campanas de la iglesia que la llevaron a pensar que en casa eran las siete. Se enjuagó una vez con el líquido sabor a menta y otra con agua y otra con menta. En casa serían las siete y siete. Marca. Suena una vez, dos, tres. La voz de Ana que saluda y que dice los chicos están otra vez enfermos, de verdad o sólo te tomaste el día pregunta Loreta y Ana sonríe al otro lado del teléfono y Loreta piensa en el efecto de las pastillas, puede ver los ojos adormitados de su hermana. Suspira y habla.

Lucrecia y el desayuno

A las seis y media de la mañana Lucrecia toma un jugo de naranja mientras lee el periódico. Su cuerpo, acomodado sobre la silla de comedor, aún está envuelto por una bata de algodón naranja que compró en su último viaje. A su alrededor, los niños, apurados por Refugia, se preparan para el colegio. El bus pasará en diez minutos, los chiquillos bajarán las gradas apresurados y Lucrecia pensará en Pablo, en que el sonido de los pasos sobre los escalones de madera lo despertarían, si aún durmiera en la amplia habitación nupcial. Pero Pablo no está, no está desde hace exactamente ochentainueve días y Lucrecia tendrá que tragarse la rabia que le provoca ese impulso de costumbre que quisiera encontrarlo en la silla de enfrente, y levantarse para darle un beso, así, sólo porque sí, sólo porque aún una parte de ella lo ama. Pero Pablo no está, y Lucrecia se pregunta, mientras se levanta, si aún lo extraña. Tomará un baño rápido, de diez minutos y luego humectará su piel con alguna de las cremas que adornan el tocador. Con la ducha como sonido de fondo, Refugia entrará apresurada, sacudirá y arreglará la cama y colgará en la puerta del closet, la ropa que planchó la noche anterior. Pero en este momento, a las seis y treintaiuno, Lucrecia sonríe al saborear la pulpa de la naranja. Recuerda las tardes en la casa de los padrinos, la larga temporada que vivió con ellos y el jugo recién exprimido. A Raquel y Abraham les gustaban los bollos con mantequilla y mermelada de cereza, lo mismo que come ahora Lucrecia. Mientras se entera de las noticias, de que todo sigue igual o peor, la nostalgia la invade y por un momento, por unos segundos tiene ganas de levantar la vista y encontrarse con Pablo al otro lado de la mesa, pero pronto recuerda que seguro a todo lo que ella diría, él tendría un pero, sabe que la explicación de su punto de vista y de por qué ella está equivocada duraría todo el tiempo del desayuno. Durante años prefirió desayunar casi en completo silencio, responder a las preguntas de él con un sí, un no, un tal vez. Uno de los niños, el menor, se acerca, mira la foto de un auto y dice quiero uno, ella sonríe y le dice, para tu cumpleaños, él pregunta cuánto falta y ella dice, dos meses. El chiquillo intenta calcular el tiempo y luego pregunta si falta mucho, a lo que su madre responde que no, no mucho. El niño sonríe, Lucrecia le dice ve a lavarte los dientes, el bus no tarda y no quiero que por salir de prisa olvides la lonchera. Lucrecia intenta recordar las mañanas en la casa de su infancia. Era pequeña cuando Don Santiago murió, y los recuerdos se han ido fundiendo con las historias de sus hermanas y de su madre, intenta volver a las primeras memorias y la asaltan imágenes de su madre llorando, que no sabe si son por la muerte de Don Santiago, por la del tío Rodolfo, o de cuando Lucrecia tuvo que partir con sus padrinos. La imagen difusa de una Gregoria que llora y que dice adiós cruza por su mente, pero por suerte, piensa Lucrecia, suena la bocina del bus del colegio y su madre desaparece en los besos de los niños que dicen adiós mami, adiós Refugia, mientras bajan los escalones. Lucrecia se asoma al balcón y les dice adiós, los quiero mucho, pórtense bien y vuelve a su taza de café, a los bollos con mermelada y mantequilla. Refugia se acerca. Lucrecia sabe que le dirá, señora qué hago para el almuerzo, y ella dará instrucciones perfectamente pensadas mientras se desperezaba esa mañana. Refugia fruncirá el ceño y se retirará seguramente pensando en que a la señora le gusta todo sin grasa, y recordará la temprana edad en la que comenzó a ayudar a su madre con la venta de comida. El olor de las frituras volverá a envolverla y soñará con las empanadas rellenas con papa, repollo, un poquito de zanahoria y un menos de carne molida. Luego de dar instrucciones y de sentir soñar a Refugia en la cocina, Lucrecia se levanta y se acerca al balcón que da hacia la calle llena de árboles, abre la puerta de vidrio, respira profundo y piensa en Ana que seguro a esta hora corre para tomar el transporte público. Se pregunta, una vez más, si un accidente como el de su hermana, con los chicos y los perros dentro del auto, le daría tanto miedo que ella también optaría por no volver a manejar, y entonces el recuerdo del auto de sus padrinos en la carretera se asoma a una esquina de la memoria y Lucrecia lo espanta. Bebe el café, observa la taza, se pierde en su borde y se repite que es hora de tomar un baño. Deja la puerta del balcón abierta, pasa por la cocina y le pide

27

a Refugia que le tenga lista otra taza de café caliente para cuando termine de arreglarse. Cuando Lucrecia desaparece por la puerta de la cocina, Refugia suspira, sabe que ese para cuando termine de arreglarme, significa que la taza de café hirviendo debe estar sobre el tocador de la habitación cuando la señora salga del baño, así la señora podrá disfrutar del olor al tiempo que se arregla y cuando termine de vestirse, maquillarse y ponerse los zapatos, el café tendrá la temperatura perfecta para que la señora lo beba. A Lucrecia le gusta tomar esa taza durante el ritual final de elegir el collar, los anillos y los aretes, de pensar en su esposo y en que hasta hace unos meses, tres casi, Pablo jugaba a beberse ese café. Mientras se baña, piensa en el auto que el niño señaló en la prensa, un auto pequeño y rojo como el de sus padrinos que murieron ya hace diez años, justo antes de que ella conociera a Pablo, y vuelve a ver el auto rojo, imitando un acordeón sin sonido en la carretera. Al salir del baño intentará espantar de su cuerpo la imagen de Raquel y Abraham en la losa, irreconocibles de no ser por los anillos de bodas aferrados a eso que habían sido dedos. Intentará perderse en la ropa, en los anillos, en los zapatos adecuados para este día de trabajo, y el recuerdo de sus padrinos se borrará por ese día, al menos un poco. Busca su bolsa, revisa que la cartera, la licencia, las llaves de la casa, del auto y de la oficina estén ahí. Todo lo hace tranquila, despacio, sin prisa, a la hora que sale rumbo a la oficina no hay tráfico. Piensa en llamar Loreta, que como todos los viernes llama a Ana. Son las siete y veinte. Abre la puerta de la habitación y se encuentra con Refugia que pasa el plumero sobre la mesita del pasillo y le pide que le lleve la libreta de teléfonos. Lucrecia sabe que en cuanto cruce la puerta, la mujer suspirará, dejará pesadamente el plumero sobre la mesita y arrastrando los pies y refunfuñando, irá y volverá de la sala para llevarle el cuaderno de nombres. Lucrecia le da las gracias y esta vez no le pide que se lleve la taza. La mujer la deja ahí, ya luego vendrá y suspirará al recogerla. Lucrecia llama y el teléfono está ocupado. Cuelga y piensa en Ana. Espera un momento. Piensa en Ana. Vuelve a intentarlo, Loreta contesta y Lucrecia pregunta, otra vez los chicos.

II

Ana cuelga

Ana se despide de Loreta que le dice que se tome dos cafés fuertes, que vaya en taxi, que aún llega a tiempo, que en los últimos tres meses han sido ya cuatro faltas, siete piensa Ana pero no se anima a confesarlo, que corre el riesgo, que qué hará si la despiden, que cómo pagará la casa, las cuentas, el colegio de los chicos. Ana promete que es la última vez, y antes de colgar, Loreta dice, que no les pase como a nosotros ¿sí?, ¿por favor?, Ana dice que no y repite, es la última vez en el año, se lo prometo. Le dice a su hermana cuánto la quiere y cuelga. El perro amarillo que desde el patio interno frente a la mesita del teléfono ha seguido toda la conversación, la mira y Ana va y se sienta junto a él, le acaricia la cabeza. El sol le alumbra el rostro y ella quiere recordar los días en la playa con Carlos, las altas palmeras, el aroma del bronceador, pero las imágenes de su cuaderno de niña se asoman. Acaricia al animal intentando que el movimiento la distraiga, que le permita volver al mar, a las olas, pero la pregunta de su hermana suena y se repite una y otra vez, que no les pase como a nosotros ¿sí?, ¿por favor? Ana lucha por escapar de la voz de su hermana. Lo logra un par de minutos y vuelve a respirar el aire salado en el cuerpo de Carlos, vuelve a verse parada junto a él en la playa, siente de nuevo su mano fría en la espalda y trata de aferrarse a esa imagen pero el sonido de la pata del perro rascándose detrás de la oreja, la lleva a pensar en Gregoria sentada junto a la ventana, inclinada, borrando lo escrito con lápiz en las primeras páginas del cuaderno que estaba casi lleno. Las hojas se volvían cada vez más delgadas, amenazaban con romperse bajo el más suave contacto del lápiz. Desde la muerte de la abuela, Don Santiago iba a diario al cementerio y se encargaba de supervisar la limpieza y arreglo del mausoleo, en el que todos los días las flores eran remplazadas por nuevas. Blancas, siempre blancas, sólo blancas, frescas como si el entierro acabara de terminar. Su padre creía que si el espíritu de Libertad encontraba la tumba adornada y a él frente a ella, se daría cuenta de cuánto la extrañaba y quizá así saldría a hablar con él. En eso se iba buena parte del menguado presupuesto familiar que Gregoria alargaba lo más posible porque a Don Santiago, a quien el trabajo no le faltaba, creía que no era propio de un caballero cobrar las deudas. Los niños en la escuela pronto notaron que los cuadernos de Ana y de Loreta serían diez veces escritos y borrados. Las burlas comenzaron y no pararon. Hasta la maestra la regañó cuando el cuaderno se rompió mientras ella corregía, la reprendió frente a todos. El recreo siguiente fue terrible. Niñas y niños a su alrededor gritan, no tiene cuaderno, va para el infierno, otros dicen pobre y fea, pobre y fea, pobre y fea. Ana logra escapar cuando ve que la turba se va sobre Loreta. Ana corre y se esconde en la bodeguita del patio, mira por las rendijas cómo rodean e insultan a su hermana pequeña, pero no quiere que le griten más, no quiere escuchar que le dicen pobre, ni fea, ni que se irá al infierno, tampoco quiere que le recuerden que su padre está loco, que lo han visto hablando frente a la tumba por horas y horas. Puede ver a Loreta llorando, volviéndose una bolita contra el piso y a los demás deshaciéndose a gritos sobre ella. Las maestras hacen como que no ven, como que van por el café, como que se quedan en el aula, como que van a hablar con la directora. Las lágrimas de Ana se deslizan por sus mejillas, esa tarde le dirá a Loreta que al salir de la escuela se ha dado cuenta de que la bodeguita siempre está abierta y harán un plan para que las dos se escondan o para turnarse. Mañana me toca a mí, practica decir y acaricia la cabeza imaginaria de su hermana que llora sentada sobre una grada del patio. Ana calcula que aún debe esperar unos diez minutos para que suene la campana y todos vuelvan a clases, no quiere estar de pie, mira unas cajas en una esquina y se sienta. Los ojos se han acostumbrado ya a la penumbra del cuartito de madera y ahora Ana afina los oídos. Algo se mueve a su derecha, casi a la altura de sus ojos, calcula que a menos de un metro. Ana busca la fuente del sonido, enfoca despacio cada pedazo de pared y poco a poco enfoca —y no puede dejar de ver— a una araña enorme, de patas largas y cuerpo grueso, que se come a una mantis religiosa que mira fijamente a Ana que no puede moverse, que siente que es ella quien desaparece dentro del cuerpo de la araña que la devora despacio. Ana orina, Ana llora, no puede hablar, no puede moverse, no puede hacer nada, ella es la mantis religiosa. Sus ojos no responden, sus párpados no se cierran, mira a la mantis y siente que la araña la traga, completa, hasta los ojos, todo. Ana no aparece, Loreta se va sola a casa y Gregoria vuelve enloquecida a la escuela. Dónde está Ana, la busca la maestra, la busca el guardián, la busca la directora. Ana, Ana llaman todos y Ana no puede moverse, está mojada, suda, arde en fiebre. La araña se ha ido y no quedan rastros de la mantis. El guardián la encuentra, Ana no habla. Gregoria la carga y la lleva por la calle, camina rápido, tiene miedo de que Don Santiago llegue y encuentre a las pequeñas solas, que se enoje con ella, con Ana, con todos y otra vez destroce los platos. Pero es muy tarde. El hombre espera en la entrada de la casa, fúrico, con los ojos inyectados de rabia y el puño cerrado. Gregoria besa la frente de Ana y antes de que él diga algo, le dice la niña está enferma. Don Santiago le arranca a Ana de los brazos y la lleva hasta la habitación. Ana tiene pesadillas, la fiebre no cede y al amanecer, Don Santiago que ha llenado de agua fría la tina, la sumerge y le pide a su madre muerta que no se la lleve. La niña tiembla, apenas abre los párpados, su padre la saca y la lleva de nuevo a la habitación, Gregoria le seca el cuerpo, Ana duerme. Duerme dos días, duerme sin fiebre pero su cuerpo tiene miedo de las preguntas de su padre, sólo ella sabe, le dice Gregoria y Ana puede sentir a Loreta agarrada fuerte de la falda de su madre, puede sentirla temblar cuando él le pregunta, qué le pasó a su hermana, e insiste, dígame, qué le hicieron, luego escucha la puerta cerrarse y la respiración de su padre cerca de ella. Abre los párpados un poco y le dice, papá, la araña, yo me escondía por un juego, la araña se comió a la mantis, y le cuenta del sonido. Don Santiago ríe. Ríe al escucharla hablar, le da gracias a su madre y besa la cabeza de la niña que no volverá a hablar de eso, pero que desarrollará una percepción infalible para localizar arañas escondidas en las habitaciones. Cada vez que sienta una cerca, recordará el sonido de la araña tragando a la mantis, tragándose a Ana que podía sentir como propias las patas del insecto, su tórax y su cabeza. Ya no le propuso a Loreta esconderse en la bodega. Desde la muerte de su abuela, hasta un par de años después de la de su padre, al final de la secundaria, Ana no volvería a tener un cuaderno nuevo y con el paso de los años, ella y su madre, perfeccionarían el arte de remozarlos. Ana estaba siempre atenta a los papeles, a los diarios olvidados en la calle, a hojas secas y flores muertas pero no marchitas. Flores de colores, jamás blancas. Metía todo en un cartón de leche; telas, recortes, pedazos de papel, flores y comenzó a decorar los cuadernos, a hacer pruebas de resistencia, a probar con diferentes trazos y tamaños de letra cómo desgastar menos el papel. También le había enseñado a Loreta a no permitir que los otros tomaran su cuaderno, le había enseñado a decir que no lo prestaba porque se lo ensuciaban y aunque algunos especulaban si seguían borrando y rescribiendo, nadie estaba completamente seguro y los niños no se animaban a molestarlas por la pobreza de los cuadernos, que a todos les gustaban, pero sí les seguían gritando ropirota, ropirota, pobre remendada. Ana y sus hermanas jugaban al funeral de cuadernos. Ella releía en voz alta el contenido, página por página y luego lo desnudaba, despegaba despacito las uniones del plástico, luego del papel cuando lo había. Luego Gregoria borraba las páginas, las pulía con una goma suave y gris, luego los ponían entre dos tomos de la enciclopedia, Loreta y Lucrecia se sentaban encima de la pequeña torre y uno a uno, asegurando la presión sobre los bordes, y Ana intentaba eliminar con el borrador, lo sucio del grupo de hojas. Una vez preparado, una vez borradas todas las palabras, una vez limpio, Ana elegía los elementos del forro y pegaba con tiras pequeñas de cinta adhesiva, con puntos pequeños, casi imperceptibles de goma, papel, tela, flores, dibujos, recortes y luego los envolvía con un plástico transparente que estiraba hasta que cubriera perfectamente el cuaderno e impedir que los elementos del forro se cayeran. Las veces que Gregoria intentó pedirle a su marido que le comprar cuadernos nuevos a las niñas él respondía qué no ve mujer que la niña desarrolla el arte, la creatividad, no sea un obstáculo, usted y su deseo de cosas mundanas. Ana se hizo famosa por los cuadernos y por no acceder a hacerlos para alguien fuera de la familia. Lucrecia que, luego de la muerte de Don Santiago, estudiaba en un colegio privado que pagaban sus padrinos, le propuso forrar cuadernos para sus compañeras y ganar así un poco de dinero, pero Ana no aceptó y Gregoria no podía obligarla. Era algo para ellas, sólo de ellas. La única vez que decoró un cuaderno nuevo, uno para alguien más, fue en el primer año de la secundaria, cuando una maestra amenazó con no permitirle pasar el grado, a menos que forrara uno para la directora de casi noventaicinco años que se retiraba al final del ciclo. Furiosa y confundida, Ana llevó a casa el cuaderno nuevo y a pesar de que sus hermanas jugaron con él al funeral, la falta de información, la falta de historia del cuaderno, la llevó a crear un forro tan vacío y apacible, tan hermosamente mortuorio, que nadie, ni la directora, ni la maestra que la había obligado, ni las madres, se atrevieron a criticar o a cuestionar la belleza o la pertinencia del regalo que, inevitablemente, llevaba a pensar en la muerte. Igual de hermosos y angustiantes eran los cuadernillos en los que años después Ana apuntaría los métodos para hablar con Carlos. Cuando acompañaba a su padre al cementerio, le parecía escuchar a la abuela gruñir como cuando dormía. Ana sabía que el espíritu estaba ahí, y estaba convencida de que había sido el método de su padre lo que había fallado y ella buscaba mil formas de hablar con Carlos. Fue por eso que intentó hablar con él a través del teléfono desconectado el día que supo de su muerte, fue por eso que en los días siguientes se sentó durante noches enteras frente a un papel en blanco, con una pluma en la mano, invocándolo una y otra vez, pero nada, nunca escribe, nunca habla. Probó incluso jugar güija con los chicos pero sólo espíritus juguetones, de pequeños muertos hacía mucho años, lograron comunicarse con ellos. Carlos nunca usó la tabla para comunicarse, ni siquiera cuando ella jugaba sola, de madrugada. Cada vez son menos las ideas que se le ocurren. Por años ha escrito una lista de métodos que no funcionan para comunicarse con Carlos. Va por el cuaderno número dieciséis. Ana escucha el timbre del teléfono y se da cuenta de que se ha quedado dormida en el patio, en la silla de sol, con la mano sobre la cabeza del perro amarillo. Se levanta rápido para llegar al teléfono. Tropieza en el camino. Es el señor Abe, Ana aprovecha la voz de las pastillas y del sueño para decir que los chicos durmieron poco la noche anterior, que con las lluvias que caen por las tardes, se han resfriado y tienen fiebre y pesadillas. Ana dice que estaba a punto de llamarle —mira su reloj, las ocho y diez— y esta vez el jefe no ofrece enviarle al médico, solamente dice el lunes hablamos, Ana, pase a primera hora a mi oficina. Ana tiembla al otro lado del teléfono, el señor Abe habló en el mismo tono que Carlos la vez que dijo el lunes hablamos, Ana.

Loreta recuerda

A las siete y cuarto Loreta logró hablar con su hermana. Por más de media hora, se contaron cosas de trabajo, hablaron de los chicos, y comentaron algunos chismes de vecindario, de amigos. A pesar de que le gustaba hablar con Ana de todo tipo de cosas, que se tomara el día libre, le preocupaba. Loreta no había estado de acuerdo con eso de traer al mundo un par de creaturas, sin marido, sin apoyo. Cada vez que podía le decía a Gregoria que Ana estaba loca, que el bebé no sobreviviría. Cuando nació el chico y Ana tenía que trabajar inmediatamente para pagar las cuentas, Loreta —que, unos meses después, ya no creía ni en el marido, ni en el apoyo— dedicó a él las tardes, mientras su hermana daba clases de pintura, o decoraba alguna oficina, una sala, cualquiera de esas cosas dispersas que Ana hacía para ganar plata. Cuando Ana anunció el primer embarazo, Loreta era novia de Edgar, un estudiante de odontología que muchos años después , contará a un público sediento de pecados —como lo hace justo en este momento y como lo seguirá haciendo durante décadas— , su historia con Loreta. Llorar, pide perdón y una vez más confiesa haberse burlado de ella, haber engañado a la más buena. Decenas de cabezas cubiertas por pañuelos blancos se acercan a él, le ponen las manos sobre la cabeza y lo perdonan en nombre de todas las mujeres del mundo, incluyendo a Loreta que jamás se enterará de ese perdón, ni de ser un personaje reconocido, ejemplo de virtud, entre los adeptos de una secta protestante situada en las cercanías de una colonia de clase media. Edgar usará ese y otros pasajes de su vida con —y después de— Loreta, para ilustrar los juegos de tentación y de salvación que dios y el diablo han jugado en su vida, como en la de todos, dirá luego de asegurar exaltado, casi a gritos, que el cuerpo y los deseos del ser humano son el campo de batalla del bien y el mal, amén, contestarán los presentes y levantarán las manos, esperando ser perdonados como Edgar, que ahora se hace llamar apóstol. Desde la muerte de Gregoria, el bus del colegio dejaba a los chicos frente a la oficina de Loreta, justo a la hora de la salida. Ella los recibía con besos y abrazos y los tres se iban de la mano hasta la casa, cantando una canción dulce que a Loreta le cantaba su mamá. Jugaba unas horas a ser madre, a ser como por años imaginó que sería con los pequeños que Edgar juraba tendrían luego de abrir su propia clínica. Loreta les preparaba la refacción, escuchaba sus historias de colegio, las aventuras en el patio pero intentaba con todas las fuerzas retrasar el momento de las tareas. A pesar de los años, no había podido deshacerse de esas ganas de que los chicos fueran suyos, de escuchar la puerta abrirse y luego, unos segundos después oír los pasos y la voz de Edgar diciendo amor ya vine. Luego de la muerte de Gregoria, Loreta pensó que al mudarse con su hermana esas ideas desaparecerían, que los muebles que no eran suyos no aceptarían jamás albergar la fantasía de Edgar, pero era inevitable. El chico se sentaba frente a ella, como Edgar, y ella juraba que el sol se colaba en el mismo ángulo, iluminaba el espacio con la misma intensidad y que la luz jugaba en el rostro y el cabello del chico, justo como lo hacía con Edgar, que siempre, cada tarde le decía lo mucho que le gustaba el apartamento que Loreta compartía con Gregoria. Le gustaba especialmente cuando Carlitos y Ana hacían la visita y hablaban sobre pintura, política internacional, literatura. Eso, la cultura, era muy importante para Edgar a quien le gustaba escuchar sobre el estilo art—nouveau del edificio que comenzaba a deteriorarse y que luego repetía una y otra vez esa información ante los amigos, y Loreta lo miraba condescendiente porque sabía que para Edgar, la cultura era importante y que hablar de esos temas, le hacía sentir menos avergonzado por vivir en una pequeña colonia obrera en la que, como él decía, vivía pero no convivía. Evitaba pasar mucho tiempo ahí, en las pequeñas habitaciones de la casa con techo enano, que su madre había heredado y en la que se había encerrado para guardarse de la vergüenza de haber perdido la cabeza por ese hombre guapo al que una sola vez le había entregado el cuerpo y que no había querido volver a saber de ella, ni siquiera luego de que lo buscara, con vientre lleno de niño, en su casa de zona residencial. Edgar se jactará mil veces de esa sangre blanca y de éxito que recorre sus venas y frente a la feligresía, Edgar hablará del mal ejemplo que era su madre que, por dejarse llevar por la carne, no había logrado conservar a un hombre a su lado, que no había sido capaz de ser una buena madre pues lo había condenado a él a no tener un padre, un hombre que le advirtiera sobre las tentaciones de la vida y que reforzara el desarrollo de las potencialidades de éxito que recorrían su sangre. Hablará de su madre, de su corta visión para no haber retenido a un hombre de éxito como su padre a su lado, y dirá, hijas no se entreguen tentadas por el demonio, háganlos esperar, que no puedan más, que las deseen tanto que no les quede otra que pedirles matrimonio, que santificar su unión como El Señor quiere, como es su deseo y les advertirá que de lo contrario serán como su madre, amargadas, siempre con malos modos con otras mujeres que solamente repercutirán en la felicidad de los hijos que crecerán sin padre. Dirá hermanas, ustedes que lograron que ese hombre se quedara con ustedes, que se hiciera responsable de sus hijos, cuiden a sus maridos, trátenlos bien, con amor, con agradecimiento, con humildad, sean la mujer que El Señor espera de ustedes, y dará consejos para el comportamiento de las fieles basados en la Biblia.. Edgar prefería hacer los trabajos de la universidad en casa de Loreta y Gregoria. Le gustaba ser atendido y disfrutaba muchísimo del chocolate que la jamás futura suegra servía mientras Loreta tecleaba diligente los razonamientos y respuestas, que Edgar entregaría puntualmente para promover otro curso y estar un semestre más cerca de la boda. Loreta piensa en el vestido de novia que jamás colgó en el armario. Una lágrima comienza a asomarse por su ojo derecho cuando suena el teléfono. Sabe que es Lucrecia, como todos los viernes. Loreta adora que su hermana la llame. Adora cerrar los párpados e imaginar que es ella quien habla de jugos de naranja, de niños y de Refugia, de pastelillos con mantequilla y mermelada de cereza pero Lucrecia no habla de eso, en cuanto su hermana contesta le pregunta por Ana y Loreta confirma que no ha ido a trabajar, los chicos están enfermos, de nuevo, sí, no, no en serio, ya sabes, sí, también las pastilla, no sé qué vamos a hacer. Lucrecia no sabe qué decir, suspira y Loreta suspira de vuelta antes de preguntar pero y tú, cómo estás, esperando que su hermana le cuente de la casa, de los niños, que le diga que el amigo aquél, el médico la había invitado de nuevo a salir. En ese orden Lucrecia recorre la última semana pero le dice luego de mencionar al doctor, que no sabe si salir con él, porque otro, el que no es tan feo, la llamó para saber cómo estaba, para preguntar si quiere pasar un fin de semana con él. Mientras Lucrecia expone las ventajas y los inconvenientes de salir con cada uno, Loreta escucha. Una parte de ella sigue el relato y sueña con ser como su hermana; la otra se esconde del recuerdo de Edgar, de la boda sin fecha y está atenta al reloj para decir tengo que irme, se hace tarde y aún tengo que hacer algunas cosas en la oficina, sí, sí, hablamos el viernes próximo, te quiero.

Lucrecia y el teléfono

Lucrecia se promete no preguntar por Ana, se repite al menos cinco veces antes de marcar no preguntes y se dice que debe esperar a que Loreta la mencione para entonces solamente asentir y decir hummm, hujum, ajá, sí, sí, tienes razón, y terminar con un ya sabes cómo es. Pero cuando —como hoy— la línea está ocupada más allá de las siete, lo primero que hace es preguntar por Ana y los chicos y por las pastillas. Lucrecia detesta el cosquilleo, ese molesto cosquilleo que la hace preguntar por una tragedia cada vez que el teléfono está ocupado. Estaba de viaje cuando su madre murió, llamó justo en el momento en que Loreta marcaba el número del médico. No pudieron hacer nada. Gregoria murió sentada a la mesa. Partía un aguacate que tenía planeado cortar en cuadritos y repartir en la sopa de las hijas que ese día, justo ese día, habían coincidido para almorzar. Lucrecia había marcado una, dos, tres veces y no lograba comunicarse. Pablo desde la puerta y los niños desde el pasillo la llamaban. Lucrecia no esperó para volver a llamar, suspiró junto al teléfono, colgó y salió de la habitación del hotel. Llamaría después, si volvían temprano, de todas formas era sólo para saludar y pedirle a Gregoria que le dijera al señor del taxi que fuera por ellos al aeropuerto, sí, el martes a las tres de la tarde, dígale que lleve el auto grande, el anaranjado porque llevamos muchas cosas y regalos. Mientras recorría el pasillo hasta el ascensor, Lucrecia pensó en la sonrisa de la chica cuando abriera su regalo, le gustaba pensar que era su hija, incluso le había propuesto a Ana llevarla de vacaciones en un viaje cuando estuviera un poco más grande, como lo haría en unos años, cuando la chica ya viviera con ella y los niños. Supo de la muerte de su madre casi nueve horas después. Luego de pasar la tarde comprando, luego de reír con Pablo, después de varias rondas de pañales y un par de estaciones de comida, volvieron al hotel. No notó que el portero le hacía señas a la recepcionista, tampoco que otros empleados la miraban incómodos mientras caminaba por el lobby. Los niños dormían y a ella y a Pablo les pesaban los brazos. Pasaron por la

41

llave de la habitación y apenas escuchó cuando la recepcionista les dijo que habían llamado su hermana Loreta, que se comunicara al llegar, que era urgente. La mujer, que sabía de Gregoria, prefirió no decir nada, quizá porque cinco años atrás cuando un policía le había anunciado la muerte de su hermana, ella lo había golpeado con todas sus fuerzas, había descargado sobre él la tristeza, la memoria que se le venía encima. No quiso ser quien recibiera el peso de la muerte. Lucrecia se dio un baño, se acomodó junto a Pablo en la cama, comentó el programa de televisión y quedaron en silencio. Los chicos dormían y el sueño caía sobre Lucrecia, sus párpados se cerraban y a lo lejos escuchaba la televisión, los autos que pasaban cerca. Una niña vestida de blanco entra en escena, el animador la saluda, la presenta, el público aplaude y la niña se sienta sobre un sillón que le queda enorme, que parece tragársela. Lucrecia no entiende lo que dicen, pero la niña sonríe, el presentador sonríe, la cámara hace una toma abierta, el público ríe a carcajadas, la cámara vuelve al presentador que dice ¡comuníquese al llegar!, ¡usted tiene… una llamada urgente! La cama se traga a Lucrecia que no puede abrir los párpados, que no puede hablar, que no puede gritar. Lucrecia sigue cayendo y siente lágrimas que le recorren las mejillas. La mano de Pablo sobre el hombro, su voz dice qué te pasa Lucrecia, por qué llorás, Lu, despierta, despierta. Lu. La cama se la traga, ahora más despacio pero la niña se acerca, se acerca rápido, cada vez más rápido e igual de rápido crece el susurro que al principio no entiende, comuníquese al llegar, repite la niña que se acerca y se acerca y que habla sin mover los labios. Se acerca hasta colisionar contra ella, hasta hacerle tronar todos los huesos y abrir los párpados. Pablo está de pie, la observa, le tiende un vaso con agua. Lucrecia lo toma con las dos manos, bebe sin parar, tiene la boca seca, la garganta áspera. Mira el reloj, son las nueve en casa. Se levanta, se sirve otro vaso con agua, lo bebe con largos tragos sucesivos y lo posa sobre la mesa de noche. Pablo la mira pero no sabe qué decir, Lucrecia toma un cigarrillo, los fósforos, el teléfono y sale al estrecho balcón del cuarto de hotel. Una lumbre y no acerca el cigarro, otra y la deja consumirse, los pequeños fuegos alejan la palabra urgente y espera que el tabaco la ahuyente por más tiempo. Pero la ceniza se acerca como la niña y antes de que le queme los dedos, marca. Timbra una vez, cuatro, seis, suspira, decide contar hasta los diez tonos. Si nadie contesta llamará mañana. Ocho y Ana del otro lado, Ana que llora, que dice mi mamá, mi mamá y que estaba partiendo un aguacate, te llamamos pero no estabas, ya vinieron los de la funeraria, se la llevaron, nosotros vamos en un rato, llevan el cuerpo a las once, vení, venite lo más pronto posible, no podés dejarnos solas. Ana, su voz, su presencia, su parecido con Gregoria. Lucrecia prefiere no saber, no pensar. Cuando inevitablemente los viernes Loreta le habla de ella, Lucrecia siente misma sensación de vértigo que le provocaron la muerte de su madre, la imposibilidad de encontrar cuatro boletos de vuelta, la rabieta de Pablo que no quiere quedarse solo con los niños, pero Pablo se niega e insiste en que ir de compras le hará bien, que es mejor no pensar en Gregoria muerta, fría, que el recuerdo de una madre viva será mil veces más hermoso que el de decenas de personas abrazando, llorando, echando flores dentro de la cripta del mausoleo familiar. A veces vomita cuando recuerda todo eso. Por eso es que habla con su hermana de cosas sencillas, de la casa, de todos los días, por eso es que se pierde en las invitaciones de hombres divorciados que ahora la buscan, la llaman. Habla de eso y deja extraviadas a Ana y a Gregoria en medio de pastelillos con mermelada, de toallas de algodón de Egipto, de zapatos de última moda; se extravía a sí misma en el centro comercial por el cual caminó por horas, compró por horas, el día del funeral de su madre. Pablo la seguía descontento, los niños lloraban y Lucrecia entraba y salía de las tiendas, pagaba con tarjeta y cada vez que la troquelaban, el sonido le hacía pensar en la espátula repartiendo el cemento que pegaría los ladrillos de la tumba de Gregoria. Pero ahora Lucrecia no piensa en eso, no quiere recordar la sensación de escuchar a Ana recriminarle y oír en ella a Gregoria. Por más que intentó explicarle, decirle lo mal que se sentía, Ana no disculpó que su hermana las dejara solas, que llegara llena de maletas y paquetes. Luego, cuando encontró a Lucrecia leyendo su diario, unas semanas después de la muerte de Gregoria, supo que no volverían a verse. Ya son casi dos años . Extraña a los chicos, especialmente ver a la chica sentada en la silla alta con los piecitos que le cuelgan y que mueve mientras come. Lucrecia se despide de Loreta, cuelga y escucha el silencio absoluto por dos o tres segundos. Refugia se acerca refunfuñando por el pasillo, lamentando la partida de don Pablo y diciendo que los niños eran mucho más ordenados antes, que ahora dejan la ropa tirada por todas partes, la cama sin tender. El día que su madre la dejó en una casa para que trabajara en ella, le dijo que luego de pensar en San Judas, el de los imposibles, luego de repetir mentalmente ruega por mí que soy tan miserable te ruego que uses ese privilegio de socorrer a tus fieles visible y prontamente ven en mi ayuda, y que luego murmurara las quejas con el volumen justo — vos sabrás que tan recio podés decirlo— para que los patrones duden si la han escuchado o si son ellos quienes lo han pensado. Así actúa San Judas, le había dicho y le había colgado un escapulario verde al cuello. Treinta años después y luego de haber trabajado en más de veinte casas, Refugia sigue murmurando sus penas. En casa de Lucrecia —y ya casi por dos años—, murmura que los niños necesitan un modelo paterno, un hombre que les enseñe disciplina y que la casa no está completa sin eso, sin un hombre, como dice el pastor de la iglesia. Lucrecia, sin voltear le dice que volverá a medio día, que no olvide echarle poca grasa a la comida, que la limonada debe estar lista y fría para cuando ella vuelva. Son casi las ocho y cuarto, toma las llaves de la casa, del auto, baja las gradas seguida por Refugia, abre la puerta que da al garaje, y acaricia durante algunos minutos la cabeza del golden retriever que se acerca pero no se atreve a saltar sobre ella y mancharle el vestido con las patas llenas de tierra. Se despide de él con un beso en la punta de los dedos que luego coloca sobre la fría nariz del perro que mueve la cola. Sube al auto de sillones de cuero, prende la radio, retrocede, para justo junto a Refugia y, por molestar, sólo por dejarla refunfuñando el resto de la mañana, le repite lo del almuerzo y lo de la limonada. Sube el vidrio, se coloca los lentes obscuros. Pablo negándose a quedarse sólo con los niños, amenazando con volver pero no regresar a casa, ella diciendo, es sólo un día o dos, vos podés hacerte cargo de los niños por favor, es mi madre, por favor quedate con los niños, quedate con los niños y la imagen de Pablo negando en silencio, la acompañan los quince minutos que la separan del trabajo.

III

Ana mira

Ana huye del teléfono, lo desconecta.. Respira profundo. Ama la casa, blanca, fresca, de paredes altas y de corredor largo. Detesta los espacios cerrados, los apartamentos en los que todo es pequeño, en los que el pasillo se atraviesa en tres o cuatro pasos. Luego de la muerte de don Santiago y antes de que Ana comenzar a trabajar y conociera a la señora Arkes que le ofrecería que se fuera como nana de sus hijos—Émilie y Joseph— a Nueva York, pasaron de un apartamento a otro, parecemos gitanos, decía Gregoria y Ana le explicaba a Lucrecia quiénes eran y juntas soñaban con viajes sin fin. Ana exhala y se voltea para ver el cable del teléfono colgando, duda si volver a conectarlo o no, lo dejará así hasta después de tomar un baño. El perro que aún descansa en el patio, ve a Ana pasar. La escucha abrir la llave de la ducha para evitar las primeras aguas frías. Ana odia sentir el cambio de temperatura del agua en su cuerpo. En el patio, el perro sigue atento. No se pierde el sonido de la puertecilla del espejo que se abre y el paso de otra minúscula píldora por la garganta de Ana que la traga en seco. Oye la ropa que cae sobre el piso, los pasos desnudos que se internan en la ducha, el sonido del agua que ahora cae sobre el cuerpo de Ana. Reconoce el sonido del shampoo, del jabón, del acondicionador, del agua que corre. Conoce el sonido de los pasos de Ana cuando está dispuesta a salir de la ducha y en cuanto la llave se cierra y el último poco de agua cae, se levanta presuroso, atraviesa la habitación y empuja con la punta de la trompa, la puerta del baño. Le gusta lamerle los tobillos húmedos, atrapar con su lengua las gotas tibias que escapan de la toalla. Cuando el perro amarillo entra en el baño, Ana aún está dentro de la ducha, ya ha corrido la cortina y aunque su cuerpo está en posición de salida, tiene el rostro fijo en el espejo, intenta sonreír pero no puede. Su cuerpo está relajado por el agua, por las minúsculas pastillas que hoy pudo tomar antes de tiempo. La sonrisa no responde y el cuerpo tarda en dar un paso, tropezar con la gradita de la ducha, olvidar el tropiezo, salir, verse al espejo y ya no intentar sonreír. Ana no siente la lengua del perro amarillo en sus pies, se mira al espejo, desnuda, se mira y conjura el tropiezo. Ana se mira e imagina al señor Abe que siempre la desviste con la mirada. Ana desprecia a la momia, como le dice cuando habla de él con Loreta o con los chicos que siempre ríen de sus historias. La historia que más detesta, pero que los chicos aman, es la de la momia y el gatito azul. El gatito azul persiguió a Ana por semanas, al inicio insistentemente hasta que la momia se cansa del juego y deja de jugarlo por unos días, a veces por un mes o dos para volver a provocar en Ana —que siempre espera que el gatito azul no vuelva a aparecer— esa sensación de asco, la expresión de ira contenida, el latido de su cuerpo que atraviesa el pasillo y vuelve a colocar la escultura con fuerza, sobre el escritorio del señor Abe que sonríe, que siente que todos sus músculos se tensan. El gatito llegó a la oficina en un paquete de cartón. La momia dio la orden de que se abriera y que le entregaran a Ana la caja obscura, alargada y delgada en la que descansaba el bicho. Marta, la secretaria de recepción, le había llevado el paquete a Ana y le había dicho, con asco, que el viejo había ordenado que fuera ella, Ana, y solamente ella quien se la llevara a su oficina. A ver qué tiene esta cosa, le había dicho con una mueca de pena. Ana inmediatamente se levantó, tomó la caja verde obscuro. El contacto con el terciopelo que la cubría le provocó una arcada que casi no pudo contener. Pasada un poco la sensación de nausea, Ana atravesó el pasillo y entró en la oficina del señor Abe. La momia le pidió que dejara la caja sobre la mesa y le dijo que no se fuera. Abrió la caja y descubrió a un gato azul, de alabastro, de cuello largo, más largo que el resto del cuerpo, con una cabeza alargada que miraba hacia arriba con ojos temibles. El gato descansaba entre pliegues de terciopelo negro. La momia lo tomó y lo colocó sobre el escritorio, sonrió y le dijo a Ana que gracias, que podía retirarse y que al salir entreabriera las persianas de la pared de vidrio. Así puede ver a Ana, al otro lado del pasillo, tras otra pared de vidrio para la cual siempre se le olvida firmar la autorización de compra de persianas o de cortinas. Al día siguiente, Ana encontró los muebles de su oficina dispuestos de manera distinta, la momia había dado la orden la tarde anterior. Ahora Ana siempre tendría su mirada atrás, en la nuca, en la espalda, en las pantorrillas. Lo que ella no vio, esa y otras veces, fue el gato azul al centro de la silla de su escritorio. Esa vez, y decenas de veces más, su trasero se topó con su cabeza alargada, con su mirada temible, con los ojos de la momia sonrientes sobre su espalda, sobre sus nalgas que se elevan más allá del respaldo al sentir el contacto con el animal duro. Decenas de veces más, Ana lo notó y lo tomó entre sus manos, lo dejó sobre el escritorio, sobre una librera, dentro del bote para basura. La momia enviaba entonces a uno de los conserjes a traer el gato y esperaba la próxima oportunidad, cuando Ana estuviera llena de trabajo, abrumada por las órdenes absurdas que él le daba, o relajada por la media pastilla minúscula que tomaba a las once. La momia adoraba la furia con la que Ana tomaba al gato por el largo cuello, la rabia con la que lo colocaba fuera de su vista. Los chicos conocen la historia porque Ana, cuando Loreta aún vivía en casa con ellos, se la contó luego de una semana de apariciones de gato azul. Los chicos escucharon parte de la historia y les pareció gracioso que el gatito persiguiera a su madre por la oficina. Ana no encontró una razón que sus hijos consideraran válida para no contarles las historias del gato azul por las noches, antes de dormir y los chicos disfrutaban los relatos sobre el gato, que en las historias para chicos, decía miau justo antes de que Ana se sentara, y entonces los chicos reían al imaginar a su madre sobresaltada. Cuando les cuenta las aventuras del gatito azul, la boca ajada, delgada de la momia, la persigue hasta la hora de dormir y siente, cerca de su cuello, su aliento seco y tibio acompañando un miau. Ana toma media pastilla minúscula antes de dormir, con ella desaparecen el gato y la momia, y Carlos se asoma, como se asoma ahora al espejo. El perro la mira, las gotas ya no se deslizan por su cuerpo, ni mojan los pies ya secos. Ana se observa desnuda en el espejo. Su cuerpo pesado y la cabeza que no piensa claro vuelven a la ducha. Ana quiere sentir el agua cambiar de temperatura, quiere volver a los baños con Carlos, a cuando él, de pronto, sin decirle nada, abría completamente la llave del agua fría y el cambio de temperatura hacía que Ana se estremeciera aún más, y luego volvía el agua tibia, el agua caliente y el cuerpo húmedo de Carlos. Ana no cierra la cortina, el agua cae y Ana se mira en el espejo, Ana abre y cierra las llaves, Ana busca a Carlos. El perro amarillo se acuesta sobre el piso.

Loreta escucha

Loreta tomas las llaves. Le gusta el sonido de sus uñas perfectas contra la porcelana. Le gusta contar los pasos que separan su apartamento del trabajo. Sabe que hay doce pasos hasta el elevador, que al presionar el botón de llamada, éste se quedará trabado un segundo exacto antes de volver a su posición normal y encender la luz que indica que el aparato viene en camino. El sonido del viejo ascensor le recuerda el del apartamento que ocuparon después de que Ana, con un pasaporte falso, se marchó a trabajar a Nueva York y enviaba dinero que les permitió dejar la vida de gitanos. Loreta nunca fue más feliz en su vida que en ese apartamento al que años después llegaría de visita Edgar y en el que sonarían durante seis años las teclas de la máquina de escribir en la que ella transcribía las tareas propias y las de él. Lo único que puede arruinar el placer de ese recuerdo es el sonido impredecible de la puerta del elevador que a veces, sólo a veces, suena como el día en que los hombres del almacén llegaron a cobrar la cuota de la refrigeradora, la estufa y el tocadiscos. Habían pasado cinco meses y no habían recibido el dinero que Ana solía enviar. Ana juraba que el próximo martes haría el depósito y pronto hablaba de los vestidos y de los zapatos que había comprado, de lo feliz que era en casa de la señora Arkes y de las travesuras de Joseph y Émilie, los niños a quienes cuidaba y hablaba de las pinturas que hacía en la academia que la señora le pagaba para que asistiera durante las horas que los niños estaban en el colegio. Hablaba sin parar y volvía a jurar que el martes haría el depósito que tardo casi un año en volver a llegar puntual y que no volvió a faltar hasta el regreso de Ana. Gregoria había sacado a plazos los aparatos y casi a la mitad del pago, el dinero dejó de llegar. Con lo que Loreta ganaba como taquígrafa en la oficina del amigo de su padre y con lo que su madre ganaba de las sábanas y los pañuelos bordados, alcanzaba para la renta, el colegio de Loreta, la comida y para el pago de las cuotas de dos aparatos. Aunque Gregoria le dijo que luego sacarían a plazos la refrigeradora, Loreta no aceptó y los hombres salieron del apartamento con el tocadiscos en brazos y el elevador había sonado justo como ahora lo hace el del edificio. Del ascensor hasta la puerta de vidrio que no rechina, que se cierra con un simple sonido de vacío, son veinte pasos. Cuando vuelva por la tarde recogerá la correspondencia que justo en ese momento el cartero mete en el buzón marcado con su nombre y el número del apartamento que ocupa desde hace seis meses. Afuera el viento sopla, un viento frío que se estrella contra los pinos de la calle empedrada. Sesenta pasos hasta la esquina en la que está la casilla postal y en donde eternamente se escucha una inexplicable caída de agua, ahí, a ocho pasos de la entrada al supermercado de la esquina. Diez pasos más para cruzar la calle y ochenta para recorrer la larga banqueta hasta la entrada al parque en el que juegan perros y niños, en el que niñeras y madres mantienen un ojo en el diario, en el libro y otro en los pequeños. Luego sus pies se alternarán doscientas cincuenta veces sobre la tierra húmeda y las hojas secas. Según el día, el estado de ánimo, el trabajo y mil cosas más, el sonido de sus pasos desencadena los recuerdos. Hoy, que es viernes, piensa en el terreno húmedo y cálido de la finca de un amigo de su padre en la que pasó algunas vacaciones. Lucrecia, demasiado chica aún, se quedaba con Gregoria, mientras Loreta y Ana exploraban a placer los enormes terrenos, sin temer a las serpientes, insectos y ranas. Pero hoy que un gallo canta cuando ella ha dado el paso número treintaicinco sobre la tierra húmeda y las hojas secas, recuerda el episodio de la gallina. La noche antes, habían escuchado de uno de los mozos contar cómo había robado una. Todos habían reído de la anécdota, todos, incluso don Santiago. Por la mañana, luego de despedirse de Gregoria y de prometer que no se alejarían mucho, Loreta distrajo a una de las mujeres que preparaban desde temprano el almuerzo mientras Ana robaba una escoba. Juntas se escabulleron de la vista de don Santiago que tomaba medidas para aplanar el terreno en el que se construiría un nuevo establo y corrieron hasta el gallinero que se encontraba al otro lado del campo de maíz, cerca de las casitas de los mozos y esperaron a que las mujeres que daban de comer a las gallinas, entraran en las casas para preparar la comida. Mientras Loreta vigilaba,

Ana se acercaba en silencio y logró que una se subiera al palo tal como había dicho el mozo. De no haber estado tan nerviosa, Loreta habría anticipado la reacción de don Santiago y jamás hubiera dejado que Ana con el palo con gallina al hombro, triunfante, la tomara de la mano y la obligara a caminar hasta la casa para regalarle la robada a Gregoria que palideció al verlas en el umbral de la puerta. Palideció porque don Santiago estaba a dos pasos y sabía que las tomaría por los brazos, la gallina caería al suelo y él gritaría inclinado sobre ellas, como hizo en cuanto las vio. Gregoria cargó al desorientado pájaro y siguió a su esposo que llevaba a las niñas casi a rastras a través del campo de maíz hasta el centro del patio de las casas de los mozos. Ahí, frente a todos, abofeteó a Loreta hasta tirarle un diente y le pegó tantas veces a Ana en las nalgas, que no pudo sentarse por más de diez días. Uno de los gallos cantaba y Loreta miraba a su madre, inmóvil, acariciando la cabeza de la gallina, sin atreverse a llorar porque ya don Santiago le había gritado, ni se le ocurra llorar por las ladronas, mujer, ni se le ocurra o pensaré que les pidió que robaran. Loreta no soporta los gallos, su canto. Apresura el paso, busca en su memoria una canción para tararear y distraerse, pero los recuerdos le juegan un mal truco y a ella vuelve la canción que sonaba en la radio el último día que vio a Edgar. Loreta siente bajo sus pies de nuevo el asfalto y sabe que sólo faltan setenta pasos más hasta la puerta de madera del trabajo, hasta que la voz de Zulema la inunde con recados y mensajes, con el sonido de cartas abiertas y sobres cerrados. Loreta cuenta los pasos, cincuenta y uno, cincuenta y dos.

Lucrecia y la ventana

Lucrecia se instala frente a la ventana. El escritorio que le regaló su madrina Raquel tiene ruedas para que pueda moverlo por la oficina, cambiar de aires cuando sea necesario, buscar la luz o esconderse de ella. Raquel cambiaba los muebles de lugar para combatir la nostalgia, para sentir que sus hijos —muertos todos antes de cumplir los tres años— le jugaban una broma. Lucrecia fue la única de las hermanas en tener padrinos, Ana y Loreta no estaban bautizadas, habían nacido en etapas ateas de su padre. Gregoria agradecía que Raquel y Abraham consideraran a Lucrecia como hija y se ocuparan varios días a la semana de ella porque Ana valía por cinco y estar al tanto de ella y dos niñas más era siempre un desafío. Raquel pasaba por Lucrecia y la llevaba de paseo, a hacer visitas y compras. Una vez por semana, iban al cementerio, a visitar la tumba de los hijos, una con ocho ángeles de mármol que un hombre limpiaba mientras la madrina volvía a hablar, a recordar casi día a día, la vida de sus pequeños. Terminaba siempre diciendo que quizá por haber deseado una niña, la vida les había quitado a los niños, uno a uno, siempre antes del nacimiento del que seguía. Como una forma de exorcismo, cambiaba los muebles de lugar, los ponía en donde nunca habían estado. Lucrecia apenas recuerda un bebé, uno que seguramente estaba compuesto por el recuerdo de los tres que conoció, que vio como bebés, casi niños, con los que alguna vez jugó. A mitad del tercer embarazo, alguien le había regalado a Raquel un libro que hablaba de energías que propiciaban la buena suerte y que alejaban los males y que proponía que era posible conjurar lo malo colocando los muebles en cierto lugar. Después de la muerte del segundo hijo, a poco del nacimiento del tercero, Raquel compró una brújula y eso de cambiar los muebles de lugar se convirtió en un intento por encontrar la posición perfecta para que los muebles alejaran la tristeza, la mala suerte, la muerte. Cada vez que cambia la posición de su escritorio, Lucrecia recuerda ver a su madrina y luego ayudarle a mover algunos muebles, y puede escucharla contar de nuevo que había confesado durante el primer embarazo querer una hija y la madre de Abraham la había abofeteado y que a partir de ese día la insultaba cada vez que se encontraban a solas y la insultó más con cada muerte de los niños. Hasta el último día de su vida, cuando ya los hijos no eran posibles y había ido más de mil quinientas sesenta semanas seguidas al cementerio, Raquel cambió los muebles de lugar al menos una vez por semana. Lucrecia recuerda el sonido de las brújulas quebrándose contra el piso, las maldiciones de Raquel porque el norte no cambiaba, porque los muebles en lugares estratégicos, las piedras energéticas, los colores cálidos que llaman a la maternidad y las fuentes para la fertilidad no funcionaban. Desde que sacó a Pablo de la oficina, Lucrecia busca las ventanas, quiere perderse en el ruido de los automóviles y la gente que pasa presurosa por la calle, quiere dejarse atrapar por la vista desde su ventana de tercer piso. Es un viernes como cualquier otro, con estudiantes que alegres han escapado de los libros, con oficinistas que sueñan con el trago de la tarde y mujeres un poco más arregladas que de costumbre. Lucrecia se acerca a la mesita sobre la que descansa el intercomunicador que ha colocado ahí desde que adoptó la tradición de cambiar el escritorio de lugar; apacha un botón, pide un café y sigue observando. La voz del intercomunicador entra en la oficina y deja una taza humeante sobre el escritorio y menciona algo de reportes y le recuerda que debe firmar el cheque. Lucrecia le da las gracias Luz y le dice que vuelva luego. La voz sale y Lucrecia busca y aspira el aroma del café negro, cargado, sin azúcar que reposa sobre la mesa y quiere volver a sentir —y detesta, al mismo tiempo— el sabor del café ralo y azucarado que durante tres años, Carolina, la antigua voz en el intercomunicador, dejó sobre su escritorio y el de Pablo, a quien le gustaba, le gusta, ralo como el sabor que sintió Lucrecia en el cielo de la boca cuando abrió la puerta y encontró a Carolina sobre Pablo en el escritorio. Bebe un sorbo de café, juega con él en su boca y lo traga despacio, deja la taza sobre el brazo del sillón para visitas y como todos los días desde hace casi tres meses, arrastra el escritorio de un lado a otro de la oficina, buscando un lugar, un ángulo en el que no haya estado antes, en los diez años que compartió la oficina con su esposo. Ha probado acá, y el espacio frente a la ventana que está entre la baldosa número siete y la número doce, de izquierda a derecha; también lo ha colocado ahí, junto a la planta que ya cambió de lugar, junto a la ventana que da al pasillo y frente a la puerta principal —como en las películas— al centro de la habitación, con la ventana a las espaldas y libreras a los lados. Nada funciona, en cada ángulo, con cada paisaje, Lucrecia recuerda a Pablo y a veces se pregunta si es su cabeza la que le juega una broma y duda de los recuerdos, de las palabras, de las sonrisas, de las imágenes de su marido jugando con los niños sobre la alfombra verde que —a pesar de tener grabado el recuerdo de la ropa de su esposo y de la secretaria— no se anima a tirar. Lucrecia volvió a la agencia de viajes por unos papeles olvidados, abrió la puerta de la oficina que compartía con su marido y los vio. Pablo bajo Carolina. En cuatro años de trabajar para ellos, la voz del intercomunicador había servido durante los últimos tres, solamente café azucarado y pasó por la mente de Lucrecia un año de zapatos bajos, sobrios contra tres años de zapatos rojos y rosa, destapados y de uñas pintadas de rojo, siempre de rojo. Cada vez que lo piensa, vuelve a imprimirse en sus pupilas, la imagen de las sandalias blancas de tacón alto y los zapatos cafés industriales sobresaliendo del escritorio que había sido de su padrino Abraham y que ahora descansaba en una pequeña bodega sin luz, al final del pasillo, junto a las escaleras. Lucrecia empuja el escritorio, algunos papeles caen, Lucrecia los pisa, toma la taza de café y se acerca a la ventana, observa.

IV

Ana tropieza

El perro amarillo espera junto al trinchante de la cocina a que el pan salte del tostador. Sabe que Ana abrirá la refrigeradora, sacará un bote de mermelada de mora y compartirá con él el desayuno. Suena el último goteo de la cafetera y Ana, aún desnuda y descalza, camina por la cocina buscando la taza que era de Gregoria. Recuerda haberla puesto en el tercer gabinete a la derecha, detrás de los primeros vasos de los chicos, que su hermana Loreta rescató de la bolsa de una vecina en los días siguientes a la muerte de Gregoria. Ana, en puntillas, intenta ver tras los vasos pero no identifica el asa verde que durante décadas adornó la mano de Gregoria. Incluso el día de su muerte, la taza descansaba sobre la mesa junto a la estufa sobre la que reposaba una jarrilla de peltre que no hirvió ese mediodía. El pan salta del tostador y el sonido de la cola del perro amarillo contra el trinchante distrae a Ana que deja de pensar en la taza que, ella no sabe, contiene el café que Loreta, justo en ese momento al otro lado del planeta, sorbe frente a los documentos de trabajo que debe enviar esa misma tarde. El aroma del pan tostado inunda la casa y pronto un pedazo de pan con mermelada cae a los pies de Ana y el perro amarillo disfruta de la mezcla de sabores. Ana sirve el café en una taza blanca y camina hasta su habitación. La posa sobre el televisor que transmite un programa de variedades matutinas y se desplaza hasta el armario abierto. Ana elige un vestido azul y lo deja sobre la cama. Mira la planta de sus pies sucios, suspira y vuelve al baño a lavarlos. Ana detesta sus pies grandes y sueña, como cuando niña, a tenerlos pequeños, como los de sus hermanas. Calzada con sandalias, vuelve a la habitación, se sienta sobre la cama y se seca los pies mientras los presentadores ríen y brillan y hablan sobre un partido de futbol. Ana sonríe, busca sin ver el vestido sobre la cama, lo pasa por sus brazos y su cabeza y se levanta para alcanzar la taza de café. Tropieza y vuelve a pensar en la taza verde, que estaba entre las pocas cosas que tío Rodolfo le dio a Gregoria después de huir con Don Santiago. Antes pertenecía a Santa, la madre de Gregoria que había tomado el último sorbo de agua de su vida en ella. Los pies de Ana se encojen, los dedos se crispan y recuerda la tarde de marzo en la que intentó tomar a escondidas la taza y su madre la sorprendió en el acto. Ana tropezó ante la voz materna y tuvo que dejarse caer más rápido que la porcelana para atrapar la taza que se desprendió en el tropiezo y así evitar que Gregoria sufriera. La caída y el moretón que comenzó a formarse casi instantáneamente, no impidieron la golpiza ahogada en lágrimas de la madre que, luego de rescatar la taza de las manos temblorosas de la hija y de ponerla a salvo al centro de la mesa de la cocina, se fue contra ella a manadas mal dadas, a palabras de tonta, estúpida, mil veces le he dicho que no la toque, que la va a romper, tonta, tonta. A pesar de que han pasado más de treintaicinco años, cada vez que tropieza, recuerda la voz de su madre y sabe que será un mal día. Ana se propone conjurarlo y hacer algo distinto, algo que pueden hacer los que no trabajan en viernes. Se pone los zapatos de tacón, toma las llaves, se mira los pies y vuelve a pensar, como todos los días, que el ángulo hace que se vean un poco más pequeños. Camina hasta la entrada, toma la cadena que cuelga junto a la puerta que da a la calle y el perro amarillo se alegra, salta, mueve la cola. Ana se inclina para colocarle el collar, abre la puerta y en cuanto pone un pie fuera de casa, un pie en la calle, se promete buscar los lugares de infancia y evitar los de Carlos. La constante huida del recuerdo le ha permitido dividir la ciudad y trazar caminos para recordar y para huir. Ana y el perro caminarán en línea recta por cinco cuadras, luego doblarán a la derecha, seguirán por tres calles más y se detendrán por unos minutos frente a un local abandonado y mal pintado, que solía ser la tienda de doña Concha, la abuela de Juan, el primer novio de Ana, que le regalaba dulces y chocolates. El romance terminó cuando la abuela se dio cuenta de los pequeños robos del niño y habló con Gregoria para que le pagara siete semanas de dos dulces de miel y un chocolate al día. Ana sonríe cuando recuerda cómo Juancho se pasaba por los tejados hasta llegar al que bordeaba el patio de su casa. Ella lo esperaba jugando e intercambian palabras y sonrisas por un rato, hasta que Gregoria o don Santiago se asomaban al patio y, preocupados porque la niña hablaba sola, le pedían que entrara. Ana da la vuelta en la esquina y encuentra la casa, deteriorada y con un vidrio rajado, en la que vivió hasta la muerte de su padre. Recuerda el ataúd cargado por seis hombres medio borrachos, pero prefiere pensar en las veces que jugó frente a la puerta abierta, en las carreras para entrar temprano a tomar el chocolate y en las pelotas que se internaban en el pasillo de la casa, perseguidas por ella y sus hermanas. Ana sonríe y sigue caminando, llega a la esquina y sabe que debe cruzar a la derecha para evitar el recuerdo de Carlos.

Loreta escribe

Zulema entra tras Loreta a la oficina y la pone al día de las llamadas del mediodía y de las citas que no podrá cumplir por la muerte de su hermana, le dice que acaba de poner a funcionar la cafetera, que el jefe se ha ido temprano, que han cambiado la reunión de la tarde para el próximo viernes, y que quiere permiso para salir antes porque es el cumpleaños de Michel, el novio que conoció en el autobús hace siete años, cuando llegó al país y que aún no se decide a pedirle que se case o al menos que viva con él. Loreta escucha la catarata de palabras que salen de la boca de su asistente y le dice que sí, que puede irse, que le desea mucha suerte con el novio; se sienta en el silloncito que tiene junto al escritorio, toma el teléfono y apenas se despide con una mueca del perfume de Zulema que sale veloz de la oficina y se pierde por el pasillo. Loreta consulta la agenda y fija fechas, habla de negocios y de bancos y de revisión de tratados de comercio. El aroma del café recién hecho se cuela por la puerta abierta, alcanza a Loreta y le llena los pulmones. Mientras se despide de la cuarta llamada, abre la puerta del compartimiento de su escritorio y saca la taza verde de Gregoria, cuelga el teléfono y sigue el olor del café por el corredor de la oficina. Escucha el sonido de papeles siendo consultados en el departamento de exportaciones y la risa de la recepcionista que coquetea con el rubio cartero. Despacio llena la taza y regresa sin hacer ruido, cierra la puerta, coloca le café sobre el escritorio y mira por la ventana los árboles del jardín que rodea la oficina y fantasea por un minuto con el muchacho pelirrojo, veinte años más joven que ella, que corta la grama. Desde que terminó con Edgar, Loreta siente atracción por los brazos fuertes, bien formados, capaces de cortar árboles, como vio hacer hace unos meses al chico al otro lado de la ventana, Edgar no podía ni siquiera romper una pequeña torre de papeles, temía cortarse. Se sienta ante el escritorio, no tiene nada qué hacer en la tarde y siente que las hojas blancas que reposan sobre la mesa le piden que intente escribirle a Antonio, que trate de explicarle. Acerca la taza y le parece que su mano se ha moldeado a la perfección para no dejarla caer nunca. Sorbe el café y fija la pluma fuente de Don Santiago con la que decidió escribir la carta para Antonio, el día que decida escribirla, contar, decir. Su mano se niega a alcanzar la pluma. Casi no respira. Repasa otra vez. Conoce la carta de memoria. Puede ver las palabras llenando las hojas blancas, una, luego otra hasta completar diez líneas en la página ocho. Diez líneas y su firma, el día y la hora. Jamás una postdata porque sabía que el día que escribiera esa carta, tendría que enviarla inmediatamente, sacar del cajón el sobre que desde hace meses tiene ya anotada la dirección, ya colocados los timbres, meter las hojas dobladas, pasar la lengua, sellar la carta y caminar sin pensar hasta el buzón, deslizarla, dejarla ir. Comenzaría con un saludo, con una disculpa explicando que el trabajo había requerido que ella se fuera inmediatamente y que había perdido, durante el viaje, la libreta de direcciones y se llamaría despistada por haberse quedado dormida con la libretita entre las manos y dirá que cuando el avión aterrizó se despertó de golpe y que cree que en ese momento se le cayó de las manos y no se dio cuenta. Luego le dirá que tuvo que pedirle a Lucrecia que averiguara la dirección y entonces le contará de la ciudad, de la parte vieja y bien cuidada, de lo lindo que son los árboles y de lo bien educada que es la gente, le contará del supermercado que cierra temprano y no abre los domingos, de los croissant con chocolate que venden en la panadería al otro lado de la calle y le dirá que el olor del pan la despierta en la mañana. Luego pedirá que la perdone, que no supo cómo despedirse, que no supo qué decir, que lo quiere pero que había tanto qué hacer antes de irse; le mentirá que fue de la noche a la mañana, que no pudo rechazar una oportunidad tan buena, que le escribirá pronto. Dirá que lo extraña, que aún piensa en las tardes que pasaron encerrados en la oficina de él, en las veces que la persiguió alrededor del escritorio para robarle un beso. Dudará si enviar saludos a los niños, decidirá que no, que de todas formas los veía tan poco que no valía la pena. Los hijos de él nunca supieron, para ellos era sólo la señora que trabaja contigo papi. No, no valía la pena. Prometerá de nuevo que enviará cartas, postales para que vea el paisaje, le dirá de nuevo que lo quiere, que no sabe cuánto tiempo estará fuera. Le pedirá que no le guarde rencor, temblará al escribir que no puede prometer volver pronto y terminará hablando de la biblioteca que visitó la primera semana que estuvo en la ciudad, ya te contaré, escribirá seguido de tres puntos, su firma, el día y la hora. Faltan algunos meses para que Loreta escriba esa única carta y la envíe, prometiéndose escribir una por semana, una al mes al menos. Faltan catorce años para que vuelva a ver a Antonio y retome el romance con él.

Lucrecia y tía Carlota

Por casi siete años, desde la muerte de tía Carlota, Lucrecia no ha vuelto por el callejón ni por la pequeña iglesia de esquina en la que jugaba con sus hermanas mientras Gregoria se confesaba. Desde la ventana de la oficina, intenta identificar el techo de la casa y recuerda que cuando era chica se quedaba horas mirando la veleta, colocada cerca del borde del techo de tejas del patio para que cualquiera, desde la ventana de la cocina o del comedor, pudiera saber hacia dónde soplaba el viento. Lucrecia cuenta uno, dos, cuatro, cinco —¿o seis? — techos desde la iglesia. Cierra los párpados e intenta recordar si cuando corrían hasta la casa de tía Carlota pasaban frente a cinco o seis puertas, ¿o cada casa tenía puerta y portón?, ¿o sólo portón o sólo puerta?, entonces recuerda colores de paredes y ve sus pies pequeños y los de sus hermanas corriendo, tomadas de la mano, hasta la puerta de tía Carlota, compitiendo por la gradita que les permitía alcanzar el timbre y entrar primero. La depresión que atacó a su padre luego de la muerte de la abuela Libertad, permitió que finalmente Gregoria trabajara, saliera de casa. Su amiga Elvira —la única que conservaba de los días en casa de la vieja viuda— le consiguió una plaza en una tienda de telas en la que dejaban que las empleadas tomaran encargos de bordado para hacer en casa. A Don Santiago no le convencía la idea de dejar a las niñas en casa de Carlota toda la tarde. Pero a pesar del barrio y de esas cosas que de él sabía la prima —gracias a Dios, lejana— de su mujer, había terminado por ceder. Al menos doña Lía, la vieja loca, ya no estaba y el ambiente obscuro de la casa y el aspecto luctuoso de Carlota habían desaparecido desde la muerte de la tía lejana de su mujer. No podía pagar alguien que cuidara a las niñas, ni tenía las ganas ni la fuerza para ir a las construcciones de su compadre Abraham, mucho menos para lidiar con las niñas cada tarde. Sin la abuela Libertad, nada tenía sentido para él, se había tirado al encierro en su estudio, casi nunca estaba en casa. Así que cuando aceptó que sus hijas se fueran de la escuela a casa de Carlota y les hizo jurar que se tomarían de la mano al salir de la escuela, que no hablarían con la gente en la calle, que antes de ir a casa de la tía, pasarían siempre a la iglesia y que caminarían con la vista al piso, cada vez que recorrieran la calle de la tía Carlota. Con Ana de diez años a la cabeza, caminaban Loreta de ocho y Lucrecia de seis. Entraban en silencio en el pequeño templo, se persignaban por turnos frente al altar, se sentaban en una banca a rezar en coro un padre nuestro y luego exploraban el lugar. Ana siempre notaba una cara rara en algún santo o imaginaba los diálogos entre los personajes de los cuadros y hacían reír a sus hermanas. Casi siempre salían corriendo por el shhh de alguna parroquiana o del sacristán que las miraba amenazante; pero no olvidaban inclinarse sobre la pila de agua bendita, mojarse la punta de los dedos, persignarse y salir corriendo con la mirada fija en el piso, como les había dicho su padre que no quería que vieran a los que caminaban por esa calle, y había murmurado algo de pecadores, de mal ejemplo. Lucrecia siempre ha sido de sueño ligero y el pisar de los gatos sobre las tejas o el goteo de las lluvias suaves no la dejaba dormir como a sus hermanas que, luego del almuerzo y de dos rondas de arroz en leche, dormían de corrido hasta las cinco de la tarde. Lucrecia se levantaba y caminaba en puntillas. Temiendo un regaño, había encontrado el lugar perfecto para observar la veleta a través del ventanal que daba al pequeño y verde patio interno y que dejaba que la luz entrara en el comedor de muebles obscuros. Lucrecia se metía bajo la larga mesa de doce sillas y protegida por las patas, se sentaba justo ahí, junto a la última pata izquierda y observaba la veleta por horas. Pasó las primeras semanas escondiéndose hasta que se dio cuenta de que la tía sabía perfectamente que ella caminaba descalza por la casa. Comenzó a encontrar un dulce sobre alguna de las sillas del comedor, justo después de que miraba los zapatos azules de la tía que pasaban despacio, casi tan despacio como una procesión, cuando ella estaba ahí, escondida, bajo la mesa, tratando de no respirar para que no la encontrara. Así que una tarde, un martes por la tarde, mientras afuera llovía y los demás dormían, asomó la cabeza tímida bajo el mantel y encontró la mirada sonriente de tía Carlota, que rápido adelantó la mano y le ayudó a salir. Lucrecia pasaba las tardes con ella, la acompañaba a la tienda, le ayudaba a deshacer el pan viejo en leche y cortaba pedazos de banano maduro con una cuchara para hacer el pastel con pasas que ella y sus hermanas tanto amaban. Durante las idas a la tienda, la tía se había dado cuenta de que Lucrecia caminaba siempre con la mirada fija en el piso, contando los pasos. Cuando la niña respondió que su padre le había dicho que si miraba a los que caminaban por esa calle, se iría al infierno, la carcajada de tía Carlota resonó tan fuerte que las palomas de los tejados se elevaron y un par de perros cruzaron la calle para acercarse a la fuente de la risa. Lucrecia no comprendía, el infierno era como en esas láminas que habían colocado en la sala cuando su abuela murió y por los cuarenta días siguientes. No le parecía nada gracioso pasar la eternidad con cadenas en pies y manos, con llamas alrededor, llamas que calentaban al punto de doler pero no quemaban, que jamás quemaban, que jamás acaban con la vida. Ana había intentado convencerla de que no, que las de las imágenes no están en el infierno sino en el purgatorio y que por cada oración que decían que se ofrece la preciosísima sangre del señor Jesucristo, en unión con las misas celebradas hoy a través del mundo por todas las benditas ánimas del purgatorio y por todos los pecadores y los pecadores de la iglesia universal, por aquellos en propia casa y en mi familia, amén, se salvaban mil de esas que estaban en los grabados que habían acompañado la muerte de la abuela, pero Lucrecia no creía porque aparte de la pequeña cicatriz en el pie, uno de los pocos recuerdos que tiene de su padre era la vez que le había mostrado un libro con imágenes del purgatorio que era más bien seco, que papá le había mostrado imágenes de gente convertida en araña, de enfermos, de unos que caminaban sin rumbo y que sí, en algún había llamas, pero eran chicas y no como esas que le llegaban casi hasta el cuello a las de la imagen. Lucrecia también estaba segura de que el infierno olía como la sala de su casa, el día que finalmente se llevaron la caja blanca con la abuela hinchada Loreta decía que el olor impregnado en las cortinas y en las paredes contra las que su padre lloraba, era de las flores casi marchitas y de la muerta, pero Lucrecia estaba segura de que ese olor había estado siempre ahí, que la muerte solamente había comprobado que la abuela se iría al infierno, así, justo así como olió la casa por semanas, así olía la abuela cada vez que le gritaba a Gregoria. Las ánimas de los cuadros, le repetía a sus hermanas, son del infierno y no del purgatorio, nadie que le gritara así a su madre podría estar en otro lado. Lucrecia no quería conocer el infierno, por eso miraba hacia el suelo pensaba que si contradecía las instrucciones de su padre estaría rompiendo la regla aquella de honrarás a tu padre y a tu madre que la maestra les repetía cada lunes en la clase de moral. Cuando finalmente tía Carlota paró de reír, encontró la mirada confundida y un tanto molesta de la niña que la fijaba. La tomó por la mano y le dijo, le juró, que nadie se iba al infierno por mirar a los demás, pero supo que Lucrecia no le creía cuando la vio caminar como de costumbre, con la mirada pegada al piso y en cuando en los días siguientes no quiso acompañarla a la tienda, ni a la farmacia. Le tomaría un tiempo encontrar las palabras para explicarle a la niña que no era necesario mirar al suelo cada vez que salían, explicarle por qué se suponía que pecaban las mujeres. Lucrecia recuerda la veleta y tiene ganas de buscar el lugar donde estuvo, de caminar hasta allá, unas veinte calles. La voz por el intercomunicador le avisa que acaban de llamar, que en don Pablo pasará por el cheque, el que está dentro del cartapacio color vino, en media hora o menos. Lucrecia mira el cheque. Tiene ganas de romperlo o de hacerlo una bolita. Sí. Mejor hacerlo una bolita, colocarlo sobre una de las paletas de la ventana, un poquito antes del borde, para que no se caiga solo, para que sus dedos índice y pulgar formen un bucle y el primero se deslice sobre el segundo para tomar fuerza, tanta fuerza que la bolita salga propulsada por el choque del índice y caiga los tres pisos, sin la más mínima posibilidad de quedar atrapado en alguna cornisa o de caer en uno de los balcones, que caiga los tres pisos y el grupo de estudiantes que hoy decidieron no ir a clases, pase nervioso sobre él, deje sus huellas de zapatos escolares horribles sobre la bolita color menta. Lucrecia presiona el botón del intercomunicador y pregunta hace cuánto llamaron, la voz responde que cinco minutos, siete a lo sumo y Lucrecia lo imagina subiendo las gradas, puede ver sus zapatos industriales color café claro pisar uno a uno los escalones de los tres pisos, puede escucharlo por millonésima vez decir que es ridículo utilizar el elevador para tres niveles. Firma el cheque cuidando la firma para que no se lo devuelvan y sale casi corriendo de la oficina. Deja el cartapacio color vino sobre el escritorio de la voz que va camino el baño y que nerviosa para un segundo para escuchar instrucciones, breves instrucciones. Acá está el cheque, vuelvo por la tarde dice Lucrecia y se apresura a entrar en el elevador justo cuando las botas café claro terminan de subir las gradas.

V

Ana observa

El perro amarillo olfatea un poste más, camina un par de pasos, levanta la pata izquierda y marca otro pedacito de territorio. Olfatea de nuevo y satisfecho con su huella, lleva a Ana hasta la mitad de la calle. Se para, bosteza, mira para un lado y para el otro, se sienta y después de unos segundos se rasca largamente detrás de la oreja derecha. Ana espera a que el perro termine su ritual, sabe que tiene el día por delante, el día para ella sola. Lo deja hacer y mientras el amarillo se rasca, aprovecha para ver a través de la ventana entreabierta al otro lado de la calle. Los lentes obscuros, redondos, enormes, la protegen y Ana no siente pena de ver directamente a la mujer que, dentro de una casa, limpia uno a uno los adornos de una estantería de madera clara pegada a la pared. Sacude las estatuillas y las pone sobre una mesa alta y redonda, en la que luego coloca el marco de fotografía antiguo, el platito de porcelana con paisaje en azul y un libro rojo que parece de oraciones. Una vez pulidas las estatuas pastoriles y demás chucherías, la mujer se agacha y al erguirse, un paño blanco, inmaculado y un bote de vidrio ocupan el lugar del plumero en su mano derecha. Coloca la toallita —esa textura parece tener a la distancia— sobre su hombro, abre el bote lleno del líquido amarillento y pesado, deja el tapón sobre el estante, toma el paño y lo impregna con el aceite que Ana sabe huele a limón y con cuidadosos y pequeños, casi diminutos, movimientos circulares, limpia la estantería. Ana casi puede sentir el aroma del aceite. A pesar de que la mirada de Ana se oculta tras los lentes, provoca que los pasantes volteen hacia la ventana y encuentren a la mujer en su vida diaria. Ella, la del delantal, no se da cuenta de nada. Está concentrada, tan metida en calcular el tiempo exacto para terminar de pulir la estantería y colocar las estatuillas, la foto, la porcelana en el lugar preciso, en el lugar que a él le gusta porque la luz pega acá y allá, porque en este ángulo —y no en otro— se nota este detalle de la foto. La mujer termina de colocar las cosas en su lugar, da unos pasos hacia atrás y contempla —Ana supone que sonriente— la obra maestra del orden. Unos segundos después, el rostro de la mujer se descompone, a lo lejos se escucha que algo se cae, quizá que se quiebra y la mujer grita algo que el sonido de un bus que pasa esconde. Cuando el bus termina de pasar, la señora tiene en brazos a un chiquillo, uno de esa edad en la que gatean, y regaña a una muchacha morena de blusa sencilla a la que le entrega al muchachito vestido de azul. Ana piensa en sus chicos. Cuando sólo estaba el chico, Gregoria y Loreta le ayudaban a cuidarlo si algún trabajo casual se presentaba y ella debía dejarlo por unas horas. Con el embarazo del que nacería la chica, se sintió sola. Su madre y su hermana dijeron no es gracia Ana, con uno era suficiente, no crea que le vamos a cuidar a los dos, yo trabajo todo el día, voy a la u, mi mamá ya está grande —había dicho Loreta— y no puede hacerse cargo de dos, lo mejor será que consiga un trabajo fijo, uno que le permita pagar las cuentas, acuérdese de que crecen y en poco tiempo tendrá que pagar colegio y darles todo lo que necesitan. Ya hablé con mi mamá y nosotros podemos cuidar al chico que ya está más grandecito y ocúpese usted de la chica, pero déjelo acá. Una semana después Ana dejaba al chico con Loreta y Gregoria y se trasladaba a un pequeño apartamento con la bebé, a quien Lucrecia cuidaba las tardes en las que Ana trabajaba. La misma tarde que médico dijo lo siento señora, tenemos que hacer la histerectomía, buscó a Ana en la oficina que estaba decorando para un banquero y le entregó a la chica. Siempre quise una niña, Ana, vos lo sabés y cuando la veo se me parte el alma. Dos semanas después, justo el día que el chico cumplía dos años, se presentó en casa de Loreta y Gregoria y anunció el trabajo en la fábrica de telas de la señora Abe. Ana estaba radiante, tenía mil ideas, mil diseños que desfilaban en su cabeza. Su jefa le había comentado que estaba en negociaciones con una distribuidora en Nueva York, y ella soñaba con sus telas conocidas en todo el mundo. Ana no notó la tristeza en el rostro de Loreta cuando esa tarde les pidió al niño y se adelantó a la habitación de su hermana para empacar todo. La fábrica tenía guardería. Ocho meses después, unos días antes de firmar el contrato de compra y el compromiso de continuar con la relación entre fábricas, la sirvienta encontró a la señora Abe muerta, medio maquillada, tirada en la sala de baño. Después del funeral, el señor Abe asumió la dirección, canceló el contrato y decidió que la fábrica se dedicaría al comercio interno. Específicamente a telas con diseños y materiales populares, accesibles al público, mi mujer estaba poniendo en juego la seguridad de la empresa, esos sueños de grandeza, de locura. Así que como ya sabe, Ana, necesito diseños para madres, nada elaborado ni muy fino, algo más bien infantil. Las palabras del señor Abe vuelven a sonar y la rabia comienza a escalar por el cuerpo de Ana. El perro amarillo lo sabe y decide que es momento de distraerla. Se levanta y comienza a jalar a Ana. Hacia la derecha un par de cuadras, después hasta la iglesia en la que Ana hizo su primera comunión, y en la que dos días después, por decisión de Lucrecia, se celebrará su misa de cuerpo presente.

Loreta llora

No es todos los días que Loreta usa la taza verde de Gregoria. Solamente recurre a ella cuando necesita sentir a su madre cerca, cuando extraña el silencio que las acompañó por años de ser madre e hija viviendo como si todo lo demás no existiera, como si los prolongados silencios de Ana y de Lucrecia, ocupadas con sus vidas, fuera cosa de siempre, de todos los días, desde el inicio. Loreta escucha los pasos de sus compañeros de trabajo y siente el nerviosismo del fin de semana subir por las gradas, colarse por las paredes y resonar junto a las ventanas. Los escucha enjuagar las tazas, cerrar las gavetas, retirar de las máquinas los últimos papeles, sellar los sobres que se enviarán el lunes por la mañana y oye que se despiden, que se dicen adiós, hasta el lunes, nos vemos, que tengan buen fin de semana y la puerta se cierra una y otra vez y los pasos se pierden en el camino de piedra que lleva de la casa de madera a la calle principal. Loreta prefiere la oficina al pequeño apartamento amueblado que el trabajo renta para ella. La taza verde descansa sobre el escritorio y Loreta se sienta de nuevo frente a la hoja de papel en blanco. Toma la vieja pluma fuente de Don Santiago, la destapa, guarda en su mano derecha el tapón y con la izquierda se propone escribir pero las palabras no salen. No salen a pesar de que en la última hora las repasó letra por letra. La tinta gotea sobre el papel y Loreta sabe que no podrá. Contempla la taza verde y casi puede ver las manos nudosas y puede escuchar las uñas perfectas de su madre acariciando la porcelana, mientras le cuenta cómo todo lo había dejado por Don Santiago y diciendo, casi pidiendo disculpas al decir, que lo único bueno que había resultado de todo eso, lo único bueno para ella, eran ellas, sus tres hijas, pero que siempre se había preguntado —y en este punto parecía disculparse más— que si de volver el tiempo atrás, si de saber lo que le esperaba, volvería a recorrer el mismo camino, si volvería a fugarse, a dejarlo todo. Gregoria le había confiado esto, se lo había confesado porque Loreta no paraba de llorar a Edgar, no paraba de sentirse culpable de algo, de algo que aún ahora no sabe exactamente qué es. Loreta lloraba y se preguntaba en silencio por qué, por qué no me quiso, por qué con ella, si en mi apreciaba la virginidad decenas de veces resguardada durante los casi ocho años de noviazgo formal, de mano tomada, de visita y galleta en la casa, de habitaciones separadas en viajes con amigos, por qué con ella sí, por qué con ella se casa, por qué con ella de un día a otro y a mí me dio largas, por qué con ella tendrá hijos y a mí me hablaba de esperar el momento preciso, el momento ideal, qué hay, qué hay de malo en mí, por qué, por qué no me quiere, por qué no me respetó, por qué, y Gregoria, que adivinaba las preguntas que su hija se hacía, le decía que se sintiera afortunada, que no correría el riesgo de que la alcanzaran los murmullos de hijos por ahí, de fiestas con mujeres de bocas pintadas, que no tendría que sentarse jamás frente a su hija diciéndole que diera gracias de no haber dado todo. Poco a poco, Loreta paró de llorar y escuchó a Gregoria, decirle, contarle. Le habló de su vida en casa de Rodolfo y la vieja viuda, de las lecciones privadas, de las tardes de bordado, de cómo las sobrinas, las ahijadas, las vecinas y las hijas de los amigos de la casa se iban casando y ella no, ella nunca. Su hermano le espantaba los pretendientes porque Gregoria había heredado los genes de su madre, su boca y sus piernas, los ojos y el cabello, las manos y los pies y él, Rodolfo, no soportaba la idea de verla a ella, imagen de su madre, casada con un hombre, mucho menos embarazada. Gregoria acompañaba a la vieja viuda a las veladas, a los tés, a los juegos de cartas y a las tertulias, a las matinés y a las reuniones por cumpleaños, y aunque los hombres le sonreían, al menos al inicio de su adolescencia, pronto se corrió la voz de los incontrolables celos de su hermano, que desafiaba a duelos y entonces, con los años, ella comenzó a sentirse como la vieja viuda, la gente la trataba con la misma reverencia y pasaron tardes enteras de años enteros, noches, cumpleaños, bailes, reuniones, incluida en las conversaciones pero jamás se acercaron los hombres. La mirada de Rodolfo le advertía que debía honrar la memoria de su madre. Gregoria conoció a Don Santiago, que fue Don Santiago desde el inicio, en la calle. Lo vio pasar frente a ella que, sin interés, miraba de reojo las telas que la vieja viuda había pedido le mostraran. Sintió su presencia, lo olió desde antes que apareciera frente a la vitrina. Retuvo la respiración, uno, dos, tres, cuatro, cinco, seis, siete segundos hasta que él terminó de pasar y se perdió en el local vecino. Jamás lo había visto por la ciudad, y la ciudad hija, era pequeña, todos se conocían y a él, a tu padre, a Don Santiago, jamás lo había visto caminar por allí. Y aunque uno podría pensar que en ese momento Gregoria sonreía, en sus palabras Loreta sintió de nuevo una disculpa. La vieja viuda que también había percibido el aroma a hombre, comprendió la respiración de Gregoria y contrario a lo que su joven marido permitiría, rechazó las telas sin haberlas tocado y apresuró a Gregoria afuera y confió en su olfato para encontrarlo unos locales más adelante. Don Santiago revisaba las últimas revistas llegadas del extranjero y la vieja entabló conversación sobre un terrible acontecimiento internacional de primera plana. Hablaron unos minutos y el ingeniero prometió visitarlas para conocer a Rodolfo. Loreta sintió a su madre arrepentirse una vez más, cuando dijo que le había gustado la arrogancia, la forma de verla calándole los huesos al mismo tiempo que la ignoraba. Gregoria para por un momento y sorbe un poco de café, luego cuenta cómo, cuando finalmente el ingeniero se acercó a casa, la vieja viuda lo animaba —cuando Rodolfo no los veía— a cortejar a Gregoria, cómo sirvió de mensajera hasta el día que huyó. Cada acción de Don Santiago, cada palabra, cada mirada era traducida por la viuda como un signo de amor oculto. Gregoria nunca supo con certeza, aunque con el tiempo comenzó a sospechar, si había sido la misma vieja quien le contó a Rodolfo de las cartas, si había sido ella quien sugirió encerrarla en la habitación que daba a la calle y tenerla a pan, agua y oración por meses para hacerla morir de eso que creyó que era amor. Las campanas de la iglesia suenan y Loreta deja de sentir a su madre. Son casi las seis y media y recuerda que debe apresurarse si quiere encontrar el supermercado abierto. Toma la taza de Gregoria, baja a la cocina, la lava, la seca, vuelve a la oficina y la deja en la gaveta honda de su escritorio, acolchonada entre papeles.

Lucrecia y la Santa Infancia

Con la certeza de haber sentido a Pablo subir por las escaleras, Lucrecia sale del edificio y camina, guiada por la memoria, hasta la casa de tía Carlota. No reconoce las calles llenas de basura y entonces recuerda que de chica, para no perderse, seguía las cornisas. Mira hacia arriba y reconoce la de los rombos azules, y sabe que luego vienen dos lisas, una con caras de mujeres, una con cruces, otra con anclas y sabe que ahí, al llegar a las anclas, que están en la esquina, debe cruzar a la derecha y caminar esa cuadra y luego atravesar la avenida hacia la izquierda y subir dos calles hasta llegar a la iglesia de su infancia. Aunque las casas están ahí, la ciudad de su memoria ya no existe. No está la sastrería en la que también arreglaban zapatos ni la venta de pan y pasteles, tampoco el expendio de leche, ni está abierta la ventanilla de la casa en la que venían helados de fruta. Lucrecia piensa en la Santa Infancia y no sabe si apresurar el paso o no, para saber si la casa color de teja aún está en pie y si aún está en funciones. La risa de tía Carlota la sigue y Lucrecia siente su mano refugiada en la mano que la llevaba a por el barrio Cuando encuentra , el pequeño atrio atrapado entre edificios viejos, cierra los párpados y se deja guiar por el recuerdo. La puerta lateral de la pequeña parroquia está abierta y se siente chica y quiere volver a escuchar sus pequeños pasos en el silencio de velas y santos. Sólo una mujer con pañuelo en la cabeza está sentada en la primera banca a la derecha y aunque escucha a Lucrecia caminar por los pasillos, no voltea. La mujer reza y se persigna una y otra vez, sabe que no podrá resistir decirle a la persona que acaba de entrar que la muerte está en la iglesia y que es a ella a quien ronda. Lucrecia observa la sombra que se persigna y un escalofrío la recorre. Regresa sobre sus pasos y para conjurar el miedo busca el altar con ángeles bizcos que, el día de la misa de cuerpo presente de su padre, las hiciera reír a ella y a sus hermanas. Tuvieron que abrazarse para evitar que los demás se dieran cuenta de que estaban en medio de un ataque de risa. Todos creyeron que lloraban, que la pena terrible las invadía y esa noche llegaron a casa canastas con víveres y ropa. Lucrecia tuvo ganas de reír de nuevo al verlos ahí, desgastados, mal pintados, bizcos, pero se abstuvo por respeto a la mujer que seguía persignándose en la primera fila. Lucrecia caminó hasta la puerta y cuando volteó para despedirse de la iglesia, le pareció reconocer a Tada en la vieja mujer de pañuelo en la cabeza, pero recordó que su querida Tada se carcajeaba cuando tía Carlota le decía que fuera a misa, que siempre era bueno estar en comunión con Dios, que él sabría perdonar las faltas si al menos una vez por semana era Tada —y no sus clientes— quien lo invocaba. Lucrecia salió de la iglesia y se distrajo en el atrio buscando en su bolsa unas monedas para la anciana que dormitaba con la mano extendida, sobre la gradilla de entrada. Las monedas estaban en el monedero azul que estaba ahí, a la vista, pero fingir buscarlas postergaba un poco el deseo de la mirada y buscar al otro lado de la calle, un poco más arriba, la casa color teja. Luego de darle las monedas a la mujer que le agradeció con un dios le bendiga, no pudo evitar que sus ojos se encontraran con una casa más estrecha, más enana que en sus recuerdos, más pobre, cinco veces pintada y escamas teja, azul, verde, rojo y celeste suspendidas en la pared. La puerta negra de madera opaca ha sido remplazada por una de metal, también opaca, que al igual que la otra permanece cerrada. Lucrecia quiere saber si de vez en cuando la ventanita se sigue abriendo, si alguien entra o sale. Entonces recuerda y apura el paso rogando para que aún exista la tienda de largos mostradores celestes y botes de vidrio llenos de dulces, en la que tía Carlota le compraba ositos de goma y jelly beans. La encuentra abierta y desgastada, con los mismos mostradores que parecen haberse tragado la pintura, con botes con grumos de azúcar amarillenta en los que ahora hay dulces empacados, con la mesita de madera justo frente a la puerta abierta, justo frente a la entrada de la Santa Infancia. La mesa sigue ahí, como cuando tía Carlota se sentaba en ese mismo lugar y pedía una coca, igual que Lucrecia en este momento. La mujer que atiende, no se parece en nada a la anciana que, sentada en una silla de ruedas contra la pared de la tienda, observa todo en silencio. Lucrecia la reconoce pero no puede recordar su nombre. Se sienta en el banquito, mira hacia la calle y espera. Siente la mirada de la anciana tras de ella, justo en el cuello y se martiriza porque no puede recordar cómo se llama. Si supiera preguntaría por su salud, trataría de hablar con ella, de recordarle los caramelos de café con leche que estaban ahí, en ese bote pequeño que ahora tiene chicles empacados. Lucrecia repasa una lista de nombres, pero no recuerda haberla llamado así, con ninguno de esos. Mientras sorbe la gaseosa con la pajilla, repasa la escena, ella entrando a la tienda con tía Carlota, que saludaba, hola doña... ¿cómo va todo? No, no logra recordar lo que va después del doña. Entonces piensa en ella cuando ya iba sola a la tienda y se repite, Doña... deme un litro de leche y unas... No, no lo recuerda. Se dice una y otra frase, pero nada, ya lleva la mitad de la gaseosa y nada. Nada en su memoria y nada al otro lado de la calle. Piensa que quizá la Santa Infancia ya no existe, que mujeres de faldas cortas y escotes pronunciados, de vestidos rojos y párpados de colores ya no entran ahí con la sonrisa fingida, con los labios dolientes, ya no sacan, de vez en cuando, a los hombres a empujones, tampoco entran golpeadas a la tienda, a traer un poco de pan, unos dulces de leche, unos huevos. De la boca de la mujer en silla de ruedas sale un quejido que saca a Lucrecia de sus recuerdos. Voltea y la muchacha en el mostrador le dice no le gusta que me lime las uñas acá, antes, cuando podía hablar y aún caminaba me decía que eso no lo hacen las mujeres decentes y me daba en la cabeza con el periódico, pero mírela, ahora ya no puede, antes me decía que terminaría como mi mamá, ahí, en esa casa, entrando hombres sucios y yo le decía, sí, sucios como mi papá, como su hijo, y eso la enojaba más y me perseguía por toda la casa con el periódico. La muchacha dejó la lima sobre el mostrador y le preguntó a Lucrecia si podía encargarle a su abuela y la tienda por un momento, que los precios están acá, en esta lista, en este cuaderno, en esta gaveta, pero que no tardaría mucho, casi nada. Lucrecia, que durante la explicación se había concentrado más en encontrar algún parecido entre la muchacha y la anciana, no tuvo tiempo de pensar, ni siquiera de separar la pajilla para comenzar a hablar, cuando la joven ya había salido por la puerta que daba al

resto de la casa. Lucrecia tomó la botella, se levantó, rodeó el largo mostrador, se sentó tras él y sintió la mirada de la anciana en la espalda. No pudo voltear.

VI

Ana respira

Cuando era chica, Ana acompañaba a la abuela Libertad a los lavaderos municipales. Cada dos semanas, la mujer buscaba una lavandera nueva para las ropas de Don Santiago. Hacía seis años que la artritis le impedía lavar la ropa del hijo y pensaba que las manos de Gregoria, pequeñas y delgadas, no tenían la fuerza y la destreza para limpiarla sin dañar los tejidos, tampoco confiaba en las máquinas. Buscaba en esas pilas, manos finas pero brazos fuertes, manos instruidas en las artes del jabón y el agua. Buscaba porque siempre le parecía que la seleccionada anterior no había hecho bien su trabajo. Así que volvía. Volvía a las pilas para fijarse en las manos y en las uñas, en el temple del cuerpo de las mujeres que, cuando sentían su presencia, temblaban de miedo y de necesidad. Ana observaba los ojos de la abuela que escudriñaba manos, que se fijaban en quién temblaba menos. Sólo una mujer que no temblara podría cumplir a perfección con el trabajo, el especialísimo trabajo de lavar pantalones, camisas, interiores traídos del viejo mundo y que costaban tanto o más que todos los vestidos de las niñas y de Gregoria juntos. Pagaba bien, siempre pagaba aunque encontrara éste y aquél defecto, pero la mirada de desprecio mientras les decía, no volveré a solicitar su trabajo, las dejaba marcadas. Era como si la mujer de luto constante, de falda amplia y larga, de cabellos canos recogidos en moño a la altura del cuello, fuera su madre, su abuela. Al verla, a todas les venían recuerdos de golpes, de gritos, de abandonos y temblaban. Ana nunca las observaba directamente, prefería verlas reflejadas en las pupilas de la abuela y apostaba con ella misma a que esa, la de ahí, había temblado menos. Ana conocía el camino hacia todos los lavaderos municipales, pero su recorrido favorito era el que las llevaba al que estaba cerca de donde tía Carlota. Salían de casa con la abuela, pasaban frente a la iglesia amarilla, luego caminaban recto dos calles y luego a la derecha dos cuadras más, cruzaban la avenida y hacia el norte otro par de cuadras hasta llegar a la iglesia en la que hizo su primera comunión, ahí, a una calle de donde la tía, pero en lugar de tomar hacia la derecha, se dirigían en dirección contraria unos doscientos pasos y ahí estaba, el lavadero de pilas amplias y amarillas con verde, de agua fría en las que se le antojaba meterse, hundirse. Al pasar frente al atrio, Ana se detiene para darle unas monedas a la vieja mendiga y siente un frío intenso recorrerla. El perro amarillo gime y Ana apura el paso con la idea de encontrar filas de mujeres sonrientes, de plática recia, la expectativa la hace feliz. Piensa en las mujeres, en el olor a jabón y en el ruido del agua cayendo de las palanganas. La calle está sola, no se escuchan las voces; piensa en el día que encontraron a Coralia. Coralia entró detrás de ellas al lavadero, saludó a las mujeres paralizadas y silenciosas, y se puso a lavar. Parecía no haber reparado en la abuela Libertad y se puso a lavar como si nada. Después de unos minutos paró, se secó las manos en el delantal, observó a todas sus compañeras y luego vio primero a Ana, le sonrió y por último miró a Libertad, le dijo buenos días y siguió lavando. En esa ocasión y en dos más, la abuela eligió a otras lavanderas hasta que su orgullo se calmó un poco y reconoció que la mujer colocha y regordeta, era la única que no temblaba. Coralia se quedó con ellos por años. A Ana le gustaba acompañarla, escuchar con ellas las radionovelas y cantar juntas canciones de amores imposibles. Coralia era la única hija de una mujer de campo que había sido poseída —según decía con los párpados muy abiertos— por el patrón de la finca en la que creció, pero su madre —que al igual que las otras muchachas del lugar, había parido otra hija ilegítima del señor— la había amado, le besaba los cachetes regordetes, le decía que era hermosa y le cantaba todas las noches. Libertad no era la abuela ni la madre de Coralia, era sólo la mujer que pagaba bien y ella necesitaba el dinero. Había escuchado hablar de ella en el mercado, quién pudiera lavar bien las camisas de Don Santiago, decían y hablaban de la buena paga y algunas cuchicheaban sobre la sensación que les provocaba ver a la mujer rígida que les escarbaba el alma. Coralia, que no encontraba trabajo porque su cuerpo regordete hacía pensar a los posibles patrones que el presupuesto en comida subiría, supo que tenía que impresionar a la mujer que pagaba bien. Al principio tenía miedo, todas hablaban de esa sensación de vacío en el centro del pecho cuando la mujer las miraba. Pensando en acostumbrarse a la sensación, averiguó dónde vivía y la siguió por días. Nunca sintió el vacío y antes de lo planeado se presentó en el lavadero. Meses después dormiría en la casa, en el pequeño cuarto al fondo del patio, el que tenía dentro un pequeño baño en el que la regadera estaba justo frente al inodoro. A Ana le gustaba acompañarla mientras lavaba y cuando ni Gregoria, ni la abuela, ni su padre estaban, le gustaba sumergir la cabeza en la pila llena y fría y aguantaba la respiración, hasta que escuchaba la voz de Coralia que le decía no haga eso niña, se va morir, y Ana, despacito, soltaba burbujas de oxígeno mientras sacaba la cabeza y luego, con las pestañas húmedas y los párpados aún cerrados, le decía, cuéntame la historia otra vez, y entonces Coralia suspiraba y entonces le hablaba de su prima Maura que se había enamorado de un hombre orgulloso con el que se había casado sin pensar, un tipo que la trataba mal y le pasaba a otras por la cara y que finalmente le hizo las maletas y la llevó a rastras a casa de su madre para devolverla por mala mujer, por mala cocinera, por usar un hilo muy grueso para remendar sus camisas, la devolvió porque no le gustaba su voz, porque ni había podido hacerla mujer, porque le repugnaba su piel tan blanca, sus manos frías. Pero Maura, que estaba enamorada de ese hombre, de sus gritos, de los platos tirados al piso por poca sal, mucha sal, de su costumbre de hacerla dormir al pie de la cama, no pudo soportar que él no volviera. Lo esperaba, lo esperaba sentada en la puerta de la casa, lo esperaba en las plantaciones donde lo había conocido y cuando finalmente una vecina, pensando que sería lo mejor decirle la verdad, le dijo que había tomado otra mujer y que se habían ido, que nadie sabía a dónde, Maura, con el rostro como de muñeca, caminó hasta el río, se sumergió. Encontraron su cuerpo unos kilómetros río abajo, trabado en un tronco enorme que en época seca, servía de puente y de lugar de juegos para los niños. Ana desvió sus recuerdos hacia Coralia, a la última vez que la había encontrado, sonriente, paseando con su marido,—el reparador de calzado ambulante— y una niña de cachetes regordetes. Ana había sido testigo del poder que Coralia ejercía sobre el hombre que bajó el precio de su trabajo y que insistió en reparar los zapatos de las cuatro cuadras a la redonda por más de cinco meses, hasta que Coralia aceptó salir con él y dos meses después, casarse. Ana recuerda verla tan feliz, sentir en su abrazo una calma que no recuerda haber sentido de nuevo. Cuando finalmente Ana despertó de sus recuerdos, se encontró con un lavadero municipal abandonado. La puerta de metal llena de óxido, musgos y malas hierbas creciendo entre las baldosas. Ana empujó la puerta, soltó al perro amarillo, que inmediatamente exploró el territorio y lo marcó. Ana se acercó a la pila central y la encontró llena de agua verde, probablemente de lluvia, y observó su reflejo sobre el fondo verdenegro. Tuvo ganas de meter la cabeza, de meter el cuerpo y encontrar al fondo un tronco grueso al cual aferrarse hasta perder el aliento. No haga eso niña —escuchó—, se va a morir.

Loreta come

Loreta cierra la puerta de la pequeña casa de madera que alberga la oficina y apresura el paso para llegar a tiempo al supermercado. Con los años ha desarrollado gusto por las pequeñas delicias que le recuerdan esos días en los que Don Santiago, en lugar de salir de fiesta con bohemios amigos, dedicaba el dinero y el tiempo a consentir a la familia. Jamón, aceitunas negras, un queso de cabra, una conserva de berenjena y otras cosas que la abuela Libertad amaba y que no volvieron a probar hasta después de la muerte de su padre. Cada vez que esa comida se le antoja, piensa en la única vez que Gregoria —luego de la muerte de la abuela— intentó preparar la mesa con todas las delicias que a fuerza de ahorros había logrado comprar. Mientras camina abotona completamente su abrigo, se acomoda la bufanda y recorre las diez calles que la separan del lugar, pensando en el sabor de la conserva y en comprar una jalea de pimientos. Detesta los supermercados así que mientras camina se hace un mapa mental del lugar y sabe exactamente el recorrido que tendrá que hacer para encontrar las dos o tres delicias que quiere comer esa noche. Paga y sale presurosa para llegar a la panadería justo en el momento en el que el pan sale del horno. Pide una hogaza de salvado como la que la abuela preparaba y dos croissants au chocolat para el desayuno del sábado, sin saber que esta vez no los comerá y que volverá semanas después a encontrarlos muertos, llenos de moho. Al chico le provocará nervios la textura que adivina sobre los croissants y terminarán en un ataque de risa, sin poder tomar la bolsa para tirarlos a la basura. Casi siempre logra conjurar el episodio, pero a veces —como hoy— es imposible que la cara descompuesta de su padre, sus ojos inyectados de rabia y esas pequeñas arrugas que aparecían y desaparecían alrededor de su nariz cuando se enojaba, se convirtieran en parte de la cena. Aunque sabe que una vez instalado el recuerdo en su mente, es imposible desalojarlo, echar a los fantasmas; Loreta intenta distraerlos y entonces al no-más cruzar la puerta del apartamento, al dejar las llaves en el platito de porcelana, comienza a contarles sobre algunas cosas que había visto en el camino: estudiantes de uniforme azul caminado para alargar el tiempo, el perro que le recordaba al amarillo, la chica de las calcetas altas que caminaba acompañada de una mujer mayor. Luego intentará contarles de las ofertas que ha ojeado en los folletos de publicidad que recogió de la casilla de correo. Pero esta vez no la escuchan, se instalan poco a poco en sus lugares. No escuchan a Lorea que les pide que se vayan, que la dejen comer en paz. Los fantasmas errantes de su padre y de su madre se pasean por la casa, vestidos como ese día. En cuanto cruza la puerta, Loreta siente el aroma de Don Santiago y después de colocar las cosas en la alacena, lo busca para pedirle que esta vez no se repita, pero no lo encuentra.. Cuando Loreta entra en el espacio de la cocina, encuentra al fantasma de Gregoria, al recuerdo de Lucrecia sentada bajo la mesa y Ana unos pasos atrás de su madre. Sobre el pequeño trinchante crece una foto de Silvia, su hermana muerta y Loreta siente en sus piernas las calcetas escolares que le aprietan mientras en automático, coloca los platos como esa vez lo hizo Gregoria, nerviosa, moviéndolos un poco más para acá, un poco más al centro, mientras su madre va y viene entre la mesa y las niñas a las que acicala como a su esposo le gusta y le pide a Lucrecia que se pare. Como cada vez que aparecen, Loreta sabe que luego de que Gregoria le arregle el cabello, le acaricie la mejilla y la vea justo a los ojos con sus grandes pupilas verdes que brillan de nervios e ilusión, se escuchará el silbido de Don Santiago y automáticamente, sin pensarlo, sin quererlo, ella se parará atrás del recuerdo de sus hermanas y tres segundos después —eternos segundos— se escucharán los pasos de su padre, como ahora. La respiración de Loreta se acelera, Ana sonríe, Lucrecia se refugia a medias tras Gregoria. Aunque conoce perfectamente lo que pasará, no puede moverse, no puede decir nada y en segundos, sin palabras el fantasma de su padre voltea la mesa, los platos caen, se hacen añicos, la conserva de berenjena se mezcla con el vidrio, con la porcelana, con el chorro de sangre que sale de la boca golpeada de Gregoria, con las lágrimas de Ana que abraza a Lucrecia que también llora, que tiene miedo, con las palabras de ira que su padre deja caer mientras golpea a Gregoria y a las niñas que intentan protegerla. Loreta, como durante el episodio, no puede moverse. Suena el intercomunicador de la guardianía, Loreta esquiva a los fantasmas de los platos, de la mesa, de la conserva, del pan y contesta. En un idioma que aún no maneja a la perfección, responde en un tono neutro que el ruido no viene de su apartamento, que ahí no se ha roto nada, que quizá es la televisión de los vecinos. Cuelga. El fantasma de Gregoria barre los pedazos, el recuerdo de Ana lo sigue con la pala, tras la puerta llora Lucrecia y su padre se instala en el sofá. Silencio. Todo está en silencio. Loreta vuelve a la cocina y mientras los fantasmas y la presencia de sus hermanas desaparecen, pone al fuego la tetera, se sienta a la mesa, abre la mermelada de pimientos.

Lucrecia y la veleta

La mirada de la anciana recorre de arriba abajo la espalda de Lucrecia que siente cómo su cuerpo entero empequeñece y sus pies apenas tocan el piso. La sensación la marea y se concentra en atrapar —con la pajilla blanca y roja— hasta las últimas gotas de gaseosa. El sonido del vacío inunda la tienda, la protesta casi muda de la anciana hace que Lucrecia recuerde el nombre. Jacinta. Jacinta. Doña Jacinta. Acompáñame donde Doña Jacinta, le decía la tía Carlota, si voy sola no me deja salir, me cuenta todo lo que pasa en la Santa Infancia, como si uno no se enterara por los gritos y por la cara de estas pobres mujeres. Por eso debes ser amable con ellas. Debe ser horrible vivir así, tener que hacerlo, y luego la tía Carlota se daba cuenta de que hablaba con una niña de diez años y sonreía, sacudía la cabeza, se quedaba callada por un momento, sonreía para sí con los párpados cerrados, exhalaba, reía y finalmente decía, te digan lo que te digan, su vida no es alegre, tampoco son pecadoras y luego la tomaba de la mano y caminaban por la calle. No veas al suelo, míralas, dales una sonrisa, di buenos días cuando pasen cerca, la tía se quedaba callada un momento y luego seguía, pero no lo hagas cuando vayas con tu padre, ni con tu madre, ellos quizá no entiendan, cuando vayas con ellos mira hacia abajo y fíjate en los zapatos que pasan junto a ti, cuando creas reconocer un par de ellas, sonríeles sin verlas, pero no supo darle una respuesta cuando Lucrecia preguntó por qué Don Santiago decía que eran malas y solamente le dijo, mientras seguían caminando, aún no encuentro las palabras pero cuando vengan a mí, te explico. Entraron en la tienda, compraron dulces de café, unos de leche y una tableta de chocolate para tomar. Doña Jacinta —a quien no le importaba en absoluto que la niña estuviera presente— hablaba mientras contaba despacio los dulces y los llevaba a la pesa y buscaba el papel para envolverlos y los colocaba sobre éste y hacía el pequeño paquete y repetía la operación con los otros dulces y luego con el café y mientras hacía todo esto le contaba a tía Carlota que ayer por la noche, una de esas mujeres había salido corriendo de la casa de tolerancia, que tras ella iba el hombre, uno de esos que trabaja en las fábricas, que uno lo sabe por la ropa, llevaba en la mano algo que resultó siendo un machete pequeño o un cuchillo largo, algo así, dicen que la mató allá, a tres calles, que la agarró por el pelo y la llevó ahí donde están construyendo, se la llevó detrás del edificio que está a medias y un rato después lo vieron salir, con la cara de loco. Quién sabe qué le habrá hecho esa mujer porque le gritaba, vas a ver desgraciada, ahora que te alcance, vas a ver, yo los vi porque estaba cerrando la tienda, pero los perdí de vista, ya sabe que yo no me meto en esas cosas, me contó la mujer del sastre que dice que escuchó los gritos y que estuvo a punto de llamar a la policía, pero ya sabe, con esa gente mejor uno no se mete, pero antes de que Doña Jacinta continuara —esa y muchas otras veces—, tía Carlota la miraba fijo, fruncía un poco los labios y la mujer se callaba por un momento antes de seguir, ya sabe usted lo que pienso, que bien merecido lo tienen, eso de estar así, en esas casas, no es para mujeres creyentes y eso que algunas van a la iglesia, como si eso las ayudara o usted cree que a esa le dio tiempo de arrepentirse. Lucrecia, sentada en una silla de la que las piernas le colgaban, sorbía su coca y observaba el rostro de la mujer descomponerse a cada palabra. Podía ver cada uno de sus movimientos, la saliva que se proyectaba en minúsculas gotas, sus ojos que parecían agrandarse y los labios, los labios que temblaban y que cada cierto tiempo eran cubiertos por una mano delgada, de venas saltadas y uñas afiladas sin barniz que intentaban esconder la emoción de las palabras. Cuando la pajilla dentro de la botella de vidrio indicaba el vacío, tía Carlota sabía que era el momento de terminar la conversación con una frase trillada, dar las buenas tardes y salir de la tienda sin que la mujer se sintiera ofendida. Así evitaba —o al menos eso quería creer— que con la próxima clienta, la tendera hablara mal de ella, de su hermano Alfonso, de su difunta madre y sus gritos nocturnos. Pero el ir y venir de la mirada de Jacinta en su espalda, la arrancó de los recuerdos y sintió la imperiosa necesidad de refugiarse en la soda. Inclinó la cabeza sobre el mostrador, sus labios alcanzaron la pajilla y sorbió. El paso de las burbujas por su garganta le provocó cosquillas y escuchó la sonrisa de tía Carlota luego de que ella le preguntara por qué la veleta no era un gallo como en los libros de lectura. Tía Carlota le preguntó ¿sí sabes lo que es un novio, verdad?, y Lucrecia se sonrojó y le dijo que sí, un hombre que toma a una mujer de la mano y que a veces la pone contra la pared para besarla en la boca, mamá dice que cuando una mujer deja que un hombre haga eso es porque lo quiere, pero siempre que vemos unos novios, papá me dice que camine con la mirada hacia el suelo y no me deja ver qué hacen. Carlota la tomó de la mano y la llevó al patio interno. Se sentaron en la única banca de madera, casi perdida entre la hiedra de las paredes, Me la dio Pilaro, dijo señalando la veleta. Fue el único novio que tuve, pero mamá quería que me quedara con ella siempre, hasta el final, que cuidara de Alfonso. Cuando supo que comíamos helados juntos, que le dábamos dos vueltas a la plaza, despacio, despacito, hablando suave, bajito, me prohibió verlo. Me encerré porque sabía que ella iba a obligarme a hacerlo. Me quedé en la casa y creo que toda la rabia que se tragó terminó por volverla loca. No podía decirme nada, absolutamente nada —dijo sonriendo— no tenía nada que reprocharme. Desde el momento en que me dijo que no podía verlo, que mi deber era quedarme, me quedé en casa. Dejé que el tiempo pasara. Sabía que si ella se enteraba, su deseo sería ese, que no lo viera. Le había dicho a Pilaro que si un día faltaba a la cita, uno sólo, me esperara ciento cincuenta días. Que la noche ciento cincuenta viniera por mí, a las once en punto. Acá, reclinada sobre esta pared, había una escalera. Esperé a que mamá y Alfonso durmieran, roncaran y me escapé. Me fui con él. Fueron meses hermosos que algún día te contaré. Cuando estés más grande. La última noche que estuve con él, luego de que tu papá diera conmigo, allá, en esa casita, Pilaro me enseñó la veleta. Se la había encargado a su primo Cruz que era herrero. Esa noche mientras preparaba mis cosas , me la mostró. Dijo que no me la daba porque seguro mamá la rompería. Me dio un sobrecito y dijo que el polvo que estaba envuelto en el papel, haría que mamá y Alfonso durmieran mucho, profundo. Dijo que se los diera dentro de treinta noches y que a las once le abriera la puerta. Esa noche colocó la veleta ahí, donde está ahora. Esa noche nos despedimos en mi habitación. Yo no podía irme, Alfonso era incapaz de cuidar a mamá que durante el tiempo que me fui con Pilaro había caído en el silencio más absoluto Mamá enloqueció al verla. Quiso hablar, ordenarme que la quitara, pero las palabras se le habían revuelto en la cabeza y nunca más, hasta el último día de su vida, volvió a pronunciar nada coherente. Pilaro se había llevado la escalera, y Alfonso ni siquiera hacía el esfuerzo de comprenderla, además para ese entonces ya llevaba años con la rutina que le conoces, sale de mañana y vuelve hasta la noche. Ahí sigue mi veleta de mujer sentada sobre la luna, de señalador coronado por estrellas. La grande es el Norte. No volví a ver a Pilaro. Nunca. Sé que se casó, que tuvo tres hijos, que la mujer era buena, que lo quería, que se fueron, que regresaron al pueblo de ella, que nunca volvió. Pero fueron meses hermosos, dijo Carlota y sonrió. La muchacha vuelve y saca a Lucrecia del recuerdo de tía Carlota. Le da las gracias y le dice que la coca cola es gratis. No tardan en comenzar a pasar los estudiantes, a los muchachos les da por pasar por acá, por venir a tomarse un agua, cuando comiencen a escucharse sus voces venir por la calle, esa puerta se abre —dijo señalando la entrada de la Santa Infancia— y ellas salen. Mi mamá todavía lo hace, verdad vieja —dice mientras mira a Jacinta que se retuerce en la silla— así conoció a tu hijo, verdad. Y luego —como si nada— le dice a Lucrecia, ellos entran y se sientan acá un buen rato, ahí, en las mesas que dejan ver la puerta y se ponen a hablar, nunca sé qué dicen porque hablan muy bajito, pero me lo imagino porque se ríen. En la voz de la muchacha hay algo que le pide que se vaya, que la deje disfrutar de ellos a solas, que deje que la vieja rabie por dentro al escucharlos reír, al sentir en el ambiente el olor de las ganas, de la curiosidad, de la imaginación. Lucrecia se despide de la tendera y antes de salir dice que tenga muy buena tarde, doña Jacinta —mientras fija a la vieja y la recorre con la mirada—. La muchacha le pregunta si la mujer habló, cómo sabe el nombre y Lucrecia sonríe. Crecí aquí —le dice mientras camina hacia la puerta— sé quién es. Que tengas buena tarde Piedad, le dice a la chica y le lanza un guiño.

VII

Ana camina

Ana da más de veinte vueltas alrededor de las pilas sucias. Mira hacia el piso, no quiere arriesgarse a ver de nuevo su imagen en el agua. El perro amarillo la sigue pero se aburre después de un rato y se echa. Los intentos de su nariz fría, de su lengua jadeante, por sacarla del ensueño han sido en vano. Ana camina, se ha quitado los zapatos y camina viéndose los pies, cada detalle, intentando comparar los de ahora con los de antes. Estos pies cansados, lastimados, obligados a caminar casi de puntillas, a cargar con horas de bus, con pisotones, con lozas mal colocadas, con bordes de alfombra despegados. Estos pies de dedos anchos fueron tan lindos, delgados, alargados, de uñas perfectas y claras, y Ana siente vértigo al pensar en sus pies en unos años. No podrá reconocerse. La piel floja, manchada. No será ella, no serán los pies que corrían descalzos tras Carlos para juguetear. Ni siquiera ahora lo son. Ana camina, da otra vuelta y el perro amarillo se pone en su camino. Ana tropieza y el perro le lame la mano. Ana sonríe, le acaricia la cabeza y le pregunta si tiene hambre. Caminan. Ana suspira y sin voltear empuja la reja que chilla y el perro la sigue, va tras ella, arrastrando la cadena. Paran en la esquina y ella decide. Por última vez El Cielito por última vez esas calles por última vez el fantasma de Carlos que amenaza con asomarse a la ventana. Es la última, no hay más, no habrá más, a partir de mañana todo cambia, no volverá a ver a la momia ni al gato azul, no volverá a tomar el bus a la misma hora, no volverá a tomar eses camino, no, nunca, no. El perro la sigue y se le eriza el cuerpo al ver a lo lejos, al fondo de siete calles, el edificio de tres niveles, El Cielito que hace que Ana se vacíe a fuerza de lágrimas. El perro intenta disuadirla, se resiste a caminar pero a diferencia de otras veces, Ana no le hace caso, sigue, sus pies la llevan y mientras caminan el aire comienza a saber a Carlos. El viento se alborota, se vuelve fuerte y su roce le recuerda los primeros encuentros, ella rompiendo con todo, ella dejando que un hombre dieciocho años mayor se le acercara, la tocara, terminara con el miedo. Aunque Ana camina con los párpados abiertos, el perro amarillo sabe que Ana sueña. Mientras se acercan al viejo apartamento, al lugar en el que la tristeza escala por el cuerpo de Ana, el perro amarillo camina junto a ella. Sabe que pronto ella necesitará sentir su nariz fría acariciándole la pierna, pronto necesitará sentirse querida. Ana mira sus pies, los pies sucios y trata de forzar sus ojos para encontrar de nuevo sus pies delgados, de piel tensa, de zapatos que jugaban con el tiempo, con el ritmo para apresurar o retrasar la llegada al Cielito. Pero sus ojos no obedecen y Ana tiene que desviar la mirada de sus pies que comienzan a envejecer, que cada día parecen tener una piel más delgada que deja ver las venas gruesas que les recuerdan los pies fríos de su madre dentro del ataúd. Ataúd, nunca le ha gustado esa palabra. La hace pensar en su padre gritando mudo sobre la caja de la abuela Libertad. No era que Don Santiago dijera algo, que exigiera que no enterraran el cuerpo, era sólo el grito de sus lágrimas que Ana no podía borrar de su cabeza. También pensaba en Gregoria, en que ella sí gritaba que no se lo llevaran, que no se llevaran el ataúd con el cuerpo pequeño y delgado de Silvia, recuerda que fueron necesarios cuatro hombres para quitarla de encima de la caja, para contenerla durante el entierro mientras, uno a uno, los albañiles del cementerio iban colocando los ladrillos para cerrar, para sellar el mausoleo. Gregoria había caído en una especie de trance cuando le quitaron el ataúd de los brazos, pero cuando pusieron el último ladrillo, una fuerza increíble se apoderó de su pequeño cuerpo y escapó de los brazos de Don Santiago para intentar quitarlos, uno a uno. Ana recordaba el sonido de la aguja hipodérmica que el médico intentó en vano clavar en el brazo de Gregoria para calmarla. Ana aún podía ver la aguja quebrándose, el líquido derramado sobre la piel de su madre. Seguía viendo a su padre conteniéndola para que no arrancara con las uñas los ladrillos. Sus pies, ahora, le recordaban los de Gregoria que hasta el último día siguió extrañando a Silvia que había muerto de madrugada porque Don Santiago no permitió que se llamara al médico. No era correcto hacerlo antes de las cinco de la mañana. Ana recuerda la mirada amenazante de su padre sobre Gregoria a quién le prohibió llorar.

No ha muerto, dijo. Ana tenía cuatro años, Loreta dos, Lucrecia aún no existía. Ana puede ver a la abuela Libertad regañando a Gregoria, diciéndole que había que cubrir a la niña y siente de nuevo a su madre perder el control, tirar por el piso las sábanas que cubrían a su hija, la escuchó gritarle por una vez, no ve que tiene fiebre, se está muriendo del calor y usted quiere cubrirla, mire, mire cómo respira, la niña se está ahogando, llame al médico por dios, convenza a su hijo, por favor Libertad, acaso no escucha el corazón de la niña, su respiración, llame al médico o iré yo misma. Ana odia a la abuela Libertad, odia la indiferencia en su mirada, odia el poder que tenía sobre su padre que impidió que su mujer saliera de la habitación y le prohibió a la muchacha que les ayuda- ba en casa, que fuera por el médico, es una grosería despertar al doctor, la niña ya lleva unos días así, no va a ponerse peor, había dicho. Ana recuerda acercarse a la cuna de su hermana de seis me- ses, y el movimiento de las costillas en el pecho descubierto de la niña se le grabó para siempre, como para siempre le quedó rondan- do en la cabeza el estertor de su hermana que, cuando Gregoria cayó en el más profundo silencio, llenó la habitación y luego la casa. Ana incluso juraba que entre sus recuerdos estaba el comen- tario de una vecina que dijo que toda la calle había sentido la muerte de la niña, que el sonido de su respiración apagándose se había colado por las paredes, que había inundado la cabeza de to- dos, que había provocado pesadillas. El perro amarillo siente la tristeza apoderarse del cuerpo de Ana que no quiere pensar más en eso, no quiere recordar a su padre como un hombre duro, no quie- re pensar en la violencia de Libertad contra su madre, quiere que- darse con el Don Santiago y la Libertad que le enseñaron a pintar, que le daban dulces de guayaba y sorbitos de café. Ana decide pensar en sus pies jóvenes, en la piel suave, en las uñas perfectas. Piensa en esto y por un momento olvida todo mal, toda ira, pero pronto el recuerdo de los zapatos rosa se asoma y sonríe. Los zapa- tos que tenía la primera vez que habló con Carlos, los zapatos que él le quitó, los zapatos que lo hicieron reír, los zapatos que Carlos mandó a enmarcar y que estaban a la entrada del apartamento en

El Cielito. Ana acababa de volver de Nueva York. Ocho años habían pasado. Cuatro maletas repletas de ropa y zapatos para ella, Gregoria, sus hermanas. Cuatro maletas y el dinero suficiente para vivir un año sin trabajar, por lo menos uno, para dedicarse de lleno a la pintura, para tener un estudio, uno pequeño. Ana pinta desde pequeña. Pintaba con la abuela Libertad y con Don Santiago que a los seis años la había enviado a la escuela de artes. Ana y Loreta recibían clases con una mujer gorda, francesa, que no tenía más que dos vestidos. Uno café que usaba una semana y uno azul que vestía la semana siguiente. Una mujer que las llamaba imbéciles cada vez que tomaban mal un pincel, que colocaban una gota de más sobre la paleta. Ahí lo vio por primera vez. Era sábado por la tarde, el cielo gris y la luz apocada entrando por una de las ventanas del patio interno de la casona que albergaba la escuela de artes. Ana entraba de último al salón. Le gustaba ver cómo los pasillos se iban quedando vacíos y escuchar las puertas cerrarse una a una. Casi siempre lograba entrar justo antes que los ojos de la vieja gorda la buscaran, antes que su boca apestosa se abriera para gritar su nombre y decirle una vez más que era una imbécil, que con esas distracciones jamás llegaría a ser una artista, jamás. Pero esa vez ni siquiera el grito obeso logró sacarla del encanto. Ana estaba paralizada. Él estaba ahí. Alto, flaco, con el cabello desordenado, apoyado contra la pared, terminando un cigarrillo. Miraba justo en la dirección que estaba Ana que sólo podía ver sus ojos negros que la miraban sin verla y las filas perfectas de sus dientes que sostenían el cigarrillo. La vieja gorda se acerca, le grita, pero Ana no escucha nada, sólo puede ver los ojos negros. Ana guardó el recuerdo, lo sumió en un rincón de su cerebro porque a sus seis años no supo qué hacer con él, con los ojos de aceituna. Pero con el paso de los años, con las hormonas rizando su pelo, empujándole los pechos a través de la piel, la imagen de las olivas, de las perfectas hileras de dientes, el aroma del cigarrillo dulce y el recuerdo de la luz escasa sobre el cuerpo de ese hombre volvieron a atacarla, a veces incluso durante el día.

Loreta fuma

Sentada a la mesa de comedor, Loreta escribe —como todos los viernes— una postal para Ana y otra para los chicos, a quienes les enviará una estampada con el boceto de una escultura sonriente, que será puesta cerca de una calle principal a inicios de la primavera, espero que pronto vengan a verme y a conocer a esta amiga de dientes grandes. Besos. Loreta elige la postal para Ana. Tiene una caja de madera en la que guarda las que compra por ahí y algunas que toma de tiendas o de museos. Esta vez decide enviarle una en la que aparece una mujer con un vestido vino tinto. Es de la colección de otoño y creo que le quedaría muy bien, pasaré viendo si la tela no es muy gruesa y si le gusta, se lo compro, se lo llevo para la navidad. Creo que llegaré el 20. La quiero y en cuanto caigan las primeras hojas amarillas y rojas, le mando unas por correo. Dele un beso en la nariz al perro amarillo. Besos. Loreta saca de la caja de galletas, una cajita pequeña, minúscula, con diseños árabes. Toma los timbres, uno rojo para Ana y uno azul como la escultura, para los chicos. Moja el dedo índice en la taza de té y pega las estampillas. El muchacho del correo recoge las cartas de la casilla de la esquina, todos los sábados por la mañana. De pie, Loreta bebe el resto del té tibio, se seca los labios, toma las postales, camina hacia la puerta, toma las llaves del platito de porcelana, abre la gaveta del mueble de entrada y saca los cigarrillos mentolados que su madre fumaba. Loreta no fuma. Al menos no lo hace a diario. Nunca lo hizo durante la adolescencia. Fumó su primer cigarrillo el día que tomó el avión. Anunciaron el vuelo y Loreta nerviosa se paró, abrazó a Ana, besó a los chicos y dijo que llamaría al llegar. Ana, que había estado en silencio desde que salieron de la casa, habló hasta que la vio atravesar la puerta general y entonces le gritó, ahí me escribe, no se olvide de mí, mándeme una postal cada semana. Loreta, que ya había caminado un poco, se volteó y sonrió, se animó a gritarle, como no lo había hecho con nadie, la amo, no se olvide de eso. Caminó por el pasillo y ahí reconoció los cigarros de Gregoria, alguien fumaba cerca y Loreta no pudo resistir las ganas de volver a sentir el aroma, compró varios paquetes que le fueron entregados en la puerta del avión. Fumó el primero de su vida en la primera escala. Se sintió como una niña traviesa buscando la sala para fumadores, pero sólo le dio un par de bocanadas porque sintió que se ahogaba, con su humo y con el de hombres y mujeres, ansiosos, chupando con fuerza sus cigarrillos, unos junto a otros, pegaditos en la única sala para fumar en esa ala del gran aeropuerto. A partir de ese día, sólo fuma cuando de verdad tiene ganas, como ahora que sale a dejar las postales en la casilla de la esquina. El cielo aún está claro y Loreta decide tomar el camino largo, como le llama a salir por la puerta que da hacia el parque que comparten los cuatro edificios del complejo de apartamentos. Niños juegan y Loreta decide fumar un cigarrillo mientras ve a los chicos poco a poco desaparecer, luego de gritos que vienen un poco de todos lados y que amenazan con cenas frías y la posibilidad de no tener postre. Loreta se sienta en una banca que dos chicos acaban de desocupar, se quita los guantes, abre la cajetilla, toma un cigarro, lo enciende y entonces ve a Gregoria, la huele, la siente, la recuerda viendo por la ventana de la sala, fumando, diciéndole el señor del apartamento me ha dicho que a partir del próximo mes la renta es más alta. Ayer hice cuentas y no va a alcanzarnos con lo que su hermana nos manda y lo que gano entre el almacén y los bordados. Sólo tenemos dinero para un mes más de colegiatura. Ya sabe que Ana sólo llama una vez al mes y acaba de hacerlo. Además no sé si ella pueda enviar más. Raquel y Abraham seguirán haciéndose cargo de Lucrecia hasta que logremos establecernos mejor. Le conté a su padrino lo del diploma de taquígrafa y dijo que puede colocarla en la oficina. El lunes empieza, tiene que venir rápido y cambiarse. No puede ir con el uniforme, venga —le dijo mientras salía de la habitación—, vamos a ver qué hay entre la ropa de su hermana que le pueda servir. Antes de irse a Nueva York, Ana había trabajado atendiendo la recepción del hotel de un amigo de fiestas de su padre; y había comprado ropa formal que no se llevó porque la señora Arkes dijo que allá podría comprar otra, mucha, a la moda. Así que Ana se llevó una pequeña maleta y su ropa cuelga de las perchas del armario de su habitación. Gregoria saca un vestido azul, este es bonito y formal, pruébeselo. Loreta no puede decirle que no, que no quiere trabajar, que sabe que sólo le quedan seis meses en la escuela para secretarias y que luego tendrá que trabajar de tiempo completo para que Lucrecia vuelva a casa, para hacer el bachillerato y así entrar en la universidad. Loreta no puede decir que no quiere perder la libertad de las tardes, el silencio del apartamento, el tiempo para soñar un poco. No puede. La angustia de Gregoria inunda la habitación, el pasillo, la cocina, todo, incluso el balcón y le cierra la garganta. No puede hablar. Viste de azul y se mira en el espejo. Le queda grande en los hombros, le queda largo, las calcetas blancas, altas y caladas le dan un aire de novicia. Gregoria —con alfileres— rápidamente ajusta la cintura, el largo, las mangas, los hombros. Le ayuda a quitárselo, le da otro, uno rosa y le dice que se quite las calcetas, es lo primero que tiene que hacer al llegar a casa después del instituto, quitarse las calcetas y echarse un poco de crema para que la marca del elástico desaparezca un poco más rápido. Tres vestidos, algunas blusas y cinco faldas después, Gregoria abre la máquina de coser. Enciende un cigarrillo, sonríe y dice gracias. Cada vez que fuma, Loreta se arriesga a un recuerdo de Gregoria que a veces sonríe, otra calla, otras llora. La colilla de cigarro se desliza de entre sus dedos y cae. Ya está apagada, Loreta decide seguir su camino hasta la casilla postal que está justo sobre ese lugar en el que eternamente se escucha una inexplicable caída de agua. Loreta deja la banca, se coloca los guantes y saca de su abrigo la postal que llegará unos días después de la muerte de su hermana.

Lucrecia y el arroz en leche

Frente a la entrada de la tienda, mientras busca los lentes obscuros dentro de su bolsa, Lucrecia piensa en Piedad, la recuerda pequeña, sentada en la grada de la tienda. Era hija de Tada y Pedro, el único hijo de doña Jacinta. No era una historia de amor, a Pedro nunca le habían gustado las mujeres, sus visitas a la Santa Infancia eran para mantener calmada a su madre. Tada lo escuchaba, le acariciaba el cabello y una noche, una sola, se lo llevó a la cama. Cuando Piedad nació tenía los mismos rasgos finos de su padre. Tada se la llevó a doña Jacinta que, aunque no pudo negar el parecido, no quiso reconocerla como nieta pero Pedro perdió la cabeza por ella y obligó a su madre a aceptar que la niña lo visitara en la tienda. Desde que Pedro murió hace unos años y doña Jacinta tuvo un derrame al volver del cementerio, Piedad —por petición de su madre— dejó la Santa Infancia y se ocupa de la tienda. Lucrecia se pone los grandes y redondos lentes y camina . Por la calle se acerca un grupo de muchachos sonrientes y uniformados. Con ellos avanza esa sensación provocada por el asomo de las santas infantas a la ventana, a la terraza, a la puerta. Lucrecia siente los cuerpos que crecen, las voces que dejan escapar pequeños destemples de emoción. Camina hacia ellos, pasa justo en medio de la energía nerviosa, húmeda, de juego y toqueteo. Sonríe cuando escucha sus voces perderse en la tienda y piensa en la vieja postrada en la silla, queriendo gritar para sacarlos, callada para siempre sin poder decir nada que combata la curiosidad de los muchachos. Se detiene en la esquina. Sus pies cosquillean. Recuerda el día en que tía Carlota le explicó finalmente por qué la gente decía que las mujeres de la Santa Infancia eran malas. Un poco antes, esa tarde de sábado, una vecina había llegado —con mucha pena— para hablar con Gregoria. Ana y Loreta estaban en clases de pintura y Lucrecia, prefería las clases de costura de los viernes, pasaba las tardes en el patio de la casa jugando con los gatos del vecindario. Gregoria hizo pasar a la mujer y le dijo a Lucrecia que se quedara en el patio, no quería que la niña escuchara a la mujer decir cosas de los vecinos. Escuchó su rosario de banalidades, que si una tela primorosa, que si un sombrero visto en una revista, que si los nuevos guantes, que si sus hermanas en el pueblo, y cuando Gregoria estaba a punto de disimular un bostezo, la mujer dijo sin pausa que ayer, volviendo de la santa misa, vi a su esposo saliendo de la Santa Infancia, y describió a la perfección el traje gris y el sombrero de fieltro con el ala un poco más doblada en el lado izquierdo. Gregoria murió unos segundos y los gatos, que sintieron la muerte pasearse alegre por el pasillo, salieron corriendo en medio de chillidos. Lucrecia, venciendo el frío, se acercó y observó por el filo de la puerta entreabierta la espalda crispada de su madre y los ojillos —entre gozosos y llenos de pena— de la vecina que le decía tenga cuidado, ya sabe que una se enferma por culpa de esas mujeres, yo le cuento porque entre nosotras tenemos que ayudarnos, decía mientras buscaba en su bolso un papel doblado en cuatro. Le apunté acá los ingredientes y la manera de preparar unos lavados. Léalos, memorícelos y luego rompa la hoja, no vaya a ser que su Santiago resulte como mi Celio y le reviente los labios si los encuentra. No pude reclamarle, sólo le dije que lo vi tocando a esa mujer de esa manera, de esa manera que llevó la enfermedad a mi casa. Me culpó, dijo que yo, que yo tenía la culpa por dejar de arreglarme y míreme, ni así me hace caso, pero eso me dijo, que era culpa mía y después me rompió los labios. Gregoria no dijo nada más que gracias y quedó en silencio. Lucrecia la imaginaba con los párpados cerrados, con alguna lágrima cayendo por las mejías. Ya sabe cómo son los hombres, dijo la vecina mientras se colocaba los guantes y se ponía el sombrero, al final la culpa para siendo de las mujeres, de nosotras y de ellas. El silencio reinó unos segundos y luego la vecina se paró, puso la hoja doblada en cuatro sobre la mesita cercana a Gregoria y antes de salir repitió haga lo que le digo y la rompe por favor, no deje que él la encuentre, apréndalos de memoria, le dijo apretando su mano. Lucrecia la vio dispuesta a irse y corrió hasta el centro del patio donde unos trastecitos se prestaron a que ella fingiera jugar. Lucrecia escuchó a la mujer decir que mala suerte tienes de ser mujercita, mientras caminaba hacia la salida. Cuando escuchó la puerta cerrarse, Lucrecia corrió de vuelta hasta el salón y vio la espalda arqueada de su madre, la escuchó llorar y no pudo evitar acercarse a ella y preguntar mamá, mamita, está bien. Gregoria intentó sonreír sin lograrlo y asintió. Las lágrimas se escondieron para no asustar a la niña y la voz volvió. La voy a dejar donde Carlota, le dijo, acompáñeme primero a la academia para avisarle a sus hermanas que se vayan para allá, que me esperen ahí. Cuando la tía abrió la puerta, Lucrecia le dio un beso y entró corrió directo hacia la cocina. La casa entera olía a arroz en leche y canela. Tía Carlota le gritó no te acerques a la estufa que todavía está caliente, siéntate, ya llego y luego se volteó para preguntarle a Gregoria qué le pasaba pero por respuesta sólo recibió un las niñas vienen de la academia, disculpa, vengo en unas horas y aunque Carlota intentó que su prima hablara, que pasara a tomarse una taza de té, Gregoria, entre dientes, le dijo algo que no entendió, le dio un beso en la mejilla y siguió su camino. En la cocina, los pies de Lucrecia colgaban ansiosos de una de las sillas. Tía Carlota le sirvió un buen bol de arroz en leche y se sentó a su lado con una taza de té. Lucrecia aspiró el humillo del arroz, sonrió y preguntó si las infantas enferman a la gente y que si es por eso que no las quieren, si es por miedo que la gente se cruza la calle. Tía Carlota, escondiendo la sorpresa, dijo sí, algo así, no todas están enfermas pero no puedes saberlo sólo con verlas y sopló sobre su taza de té. Y por qué mamá está enferma por culpa de papá, dijo Lucrecia mientras tomaba la cucharita, cómo ellas lo enfermaron y cómo mamá se enfermó, preguntó y fijó la mirada en tía Carlota que tragaba saliva y buscaba palabras en su cabeza para explicar, pero Lucrecia preguntó puede alguien morir por culpa de ellas y sólo entonces metió la cucharita entre el arroz y comenzó a jugar con él, suavemente, como le había enseñado la tía, para que se entibiara pronto. Recuerdas que te conté de Pilaro, preguntó Carlota mientras soplaba su taza de té, que te dije que mi mamá estaba furiosa, que se había vuelto loca cuando me fui con él. Lucrecia asintió y se animó a probar un poquito de arroz pero no dijo nada esperando a que su tía siguiera. Mamá siempre odió a Pilaro porque incluso antes de irme con él, yo ya no podía casarme de blanco. Has visto que las mujeres se casan vestidas de blanco en las películas, verdad, pues se supone que a esas mujeres no las ha visto desnudas nadie más que su madre, su abuela, alguna hermana y de pronto, cuando eran niñas, bebés, su papá, el médico, algún hermano, pero desde que se convierten en mujeres, desde que salen los pechos y pasan otras cosas, se supone que no han sido vistas más que por ellas mismas. También se supone que aparte de darles la mano, un beso como saludo o tocar accidentalmente una parte de su cuerpo, nadie, aparte de ellas mismas y solamente para lo esencial de higiene personal, se supone que nadie las ha tocado, mucho menos besado, ni la boca, ni el cuerpo. Lucrecia tocó con la punta de la lengua el arroz, lo encontró tibio y entonces se animó a meter la cucharilla en su boca. Disfrutó de la consistencia y de los sabores y luego de tragar ese primer bocado, miró a tía Carlota fijamente y le preguntó entonces a ti, Pilaro te vio desnuda, te dio besos y te tocó y Carlota sonrió y su sonrisa fue tan amplia que las palabras tuvieron dificultad para encontrarse y salir, para decir sí, dejé que lo hiciera, que me llenara de miradas, que su boca se quedara para siempre en mis brazos, en mis manos, dejé que todo su cuerpo me tocara y, antes de que pudiera seguir hablando, Lucrecia preguntó y te enfermaste por culpa de tu novio. Tía Carlota sonríe y dice, no, no me enfermé, lo que quiero que entiendas es que se espera que no dejes que nadie te toque, ni te bese. Si eres niña no es correcto porque tu cuerpo no está preparado para eso, pero cuando creces, se espera que las ganas de que un hombre te toque y te bese, no se apoderen de ti. Las ganas o la necesidad, porque a veces sólo sientes que lo necesitas. Los hombres, Lucrecia, los hombres pagan para que las infantas los toquen, para tocarlas, para que sus cuerpos desnudos se unan. Ellas, por mil razones diferentes, hacen eso para vivir, trabajan como infantas y son tan buenas o tan malas como cualquier otra persona. Es un trabajo difícil eso de dejar que los hombres te toquen o tener que tocarlos para ganarte unos pesos, decía Tía Carlota mientras se servía un poco de arroz en leche. Lucrecia la recuerda con el palto en la mano, buscando las palabras y luego de un momento suspirando para luego decir no sé explicarte por qué es tan común que las infantas y los hombres que les pagan se pasen de unos a otras a otros la enfermedad, sé —dijo mientras se sentaba— que viene de esa unión de los cuerpos de la que cuando estés más grande hablaremos, pero quiero que entiendas que eso, que la unión de los cuerpos desnudos, no necesariamente enferma. Lucrecia que ya había terminado su bol de arroz en leche, alzó un poquito su plato para que la tía entendiera que quería un poco más y luego dijo, entonces papá le paga a las infantas y Carlota no pudo más que suspirar y asentir mientras servía un poquito más de arroz para Lucrecia. Sí, eso es, luego tu papá toca y besa a tu mamá y tu mamá se enferma, pero no puedes culpar sólo a las infantas, si tu padre quisiera, no las visitaría, pero tampoco es su culpa, no es sólo su culpa, se espera que los hombres las busquen para que ellas los toquen de maneras que se supone que él no podría pedirle a tu madre. Es complicado, para la gente una cosa son las esposas, las madres y otra las infantas. No les digas que te conté esto, a los dos les daría mucha vergüenza y no vale la pena, le dijo mientras le devolvía el platito con arroz. Como ya estaba tibio, Lucrecia lo atacó mientras preguntaba por qué no querías casarte de blanco. Carlota suspiró tan profundo que sus pulmones casi se vaciaron al tiempo que Lucrecia preguntaba por Pilaro, qué pasó contigo y Pilaro. Mamá no quería que me casara pero sí que pudieran enterrarme vestida de blanco como a mi tía Socorro que cuidó a mi abuela Amparo. A tu tía no la vieron desnuda nunca, ni la tocaron, ni la besó nadie, preguntó Lucrecia antes de otra cucharada de arroz. No, nadie, dijo Carlota, desde que murió su hermana más pequeña, Antonia, mi tía Socorro supo que ella debería de cuidar a la abuela. A los catorce empezó a bordar el vestido blanco de tumba, algún día te mostraré la única foto que tenemos de ella, cuando estés un poco más grande y no te dé miedo. Se encuentra bien señora, pregunta un muchacho que saca a Lucrecia de sus recuerdos, lleva media hora aquí parada. Hasta ese momento, cuando Lucrecia intenta sonreír, se da cuenta que las lágrimas no dejan de correr por sus mejillas y dice sí, sólo estaba recordando. El muchacho le pide disculpas, dice mi mamá que por favor pase un rato al comedor, acá al otro lado de la calle.. Lucrecia asiente y cruza acompañada por el jovencito. La puerta de la casa de tía Carlota está abierta de par en par. Almuerzos del día: churrasco y pollo frito, dice en la pizarra que cuelga de la ventana.

VIII

Ana llora

Dos calles más y estará frente al Cielito, la puerta blanca y estrecha. Dos calle más o doblar en la esquina, evitar la tristeza. El Cielito se acerca a pequeños pasos, Ana no puede escucharse caminar. Sólo oye el sonido de las patas del perro amarillo sobre el asfalto. Ana mira hacia abajo, hacia sus pies para asegurarse de que también camina. Se pierde dos o tres pasos en las patitas el perro amarillo pero pronto el sonido de unos tacones verdes se acerca y suena más fuerte que las uñas del perro, más que las bocinas de los buses que, en la esquina, se apresuran unos a otros. Tacones verdes que en segundos invaden el espacio visual de Ana, que pasan tan apresurados que casi la tiran. Tacones verdes, de ese verde olivo que Ana vio a la entrada del apartamento en El Cielito, ahí, justo al abrir la puerta, ahí, justo sobre la alfombra, ahí justo debajo del cuadro que contenía los zapatos rosa de Ana, que había vuelto de las vacaciones un par de días antes para hablar con Carlos que por teléfono le había dicho el lunes hablamos, Ana, ya sabes que no quiero tener hijos, te lo dije desde el inicio, ya tengo los míos y no quiero más. Zapatitos verdes, zapatitos que no eran de Ana, traviesos zapatos quitados de prisa, uno muy bien parado y el otro un poco más lejos, de costado. Ana se recuerda parada frente a los taconcitos verde olivo, con las lágrimas de rabia corriendo por sus mejillas, nublando la vista del encuentro con las medias de seda tiradas, una ahí, a dos o tres pasos y otra allá, colgando sobre la silla anaranjada. El perro amarillo, nervioso, siente el cuerpo de Ana vibrar de rabia, tanto vibra que Ana no puede moverse, está paralizada en la esquina y entonces él sabe que debe rozar su nariz contra la pantorrilla de su ama, hacer con sus pequeños y fríos toques que ella vuelva, que salga del recuerdo, del infierno. Todo pasa tan rápido. Pasan rápidamente los ocho años, vuelven a pasar en segundos. Ana acababa de volver de Nueva York y traía las maletas llenas de ropa, de zapatos de colores. El primer fin de semana en casa coincidió con la apertura de la exposición de la escuela de arte a la que las hermanas habían asistido, y aunque hacía ya varios años que no ponían un pie por el lugar, el ingeniero amigo de su padre y director de la academia, nunca dejó de enviar invitaciones para actos inaugurales. Ana —que mientras los niños de la señora Arkes iban a la escuela, había continuado tomando clases de pintura— tenía la idea de pedir trabajo en la academia y de poco a poco abrirse un espacio en las pocas galerías de la ciudad. Arregló a sus hermanas a la última moda y ahí van las tres —vestidos rosa, azul y verde con zapatos a juego—, a las seis y media de la tarde, caminando apresuradas las diez calles que separan el apartamento de la academia, esquivando los charcos que la lluvia de la tarde dejó. Van tomadas de la mano, tarareando una de las canciones de la abuela Libertad. Ana se deja llevar por uno de los versos y no escucha el grito de Lucrecia para que se aparte de la orilla de la banqueta, para que no la alcancen el agua de lluvia y lodo que el auto negro que se acerca veloz está a punto de echar sobre ella. Ana con los párpados cerrados y la música de su infancia a todo volumen en su cabeza, no escucha y en menos de dos segundos está bañada de agua negruzca, toda, completa. Sus zapatos rosados salpicados para siempre de lodo. Ana llora. El auto se estaciona unos metros adelante. Loreta fija con rabia a la sombra que se baja del auto, Lucrecia seca el rostro de Ana con un pañuelo bordado, Ana que llora, que apenas intenta limpiarse el vestido, él que se acerca y que dice lo siento, me distraje un momento, no las vi, Loreta que le dice que se vaya, Lucrecia que intenta secar el agua sucia con el pañuelo. Las lágrimas de Ana no le dejan ver, está a punto de llorar como chiquilla, de dejar que el llanto se escape pero el cuerpo entero se le estremece y Ana recuerda el cigarrillo al fondo del corredor de la academia. Entonces se calma, aspira y casi sonríe, aguanta justo, lo suficiente para que las últimas lágrimas rueden por su rostro y abre los párpados para encontrar el negro de los ojos de Carlos que sigue intentando disculparse, que dice iba hacia una exposición y buscaba la invitación en la guantera, fue mi culpa, lo siento, por favor déjenme acompañarlas a su casa para que pueda cambiarse. Loreta está a punto de decirle que las deje en paz pero Ana habla y dice vivimos acá cerca, si usted nos acompaña, en diez minutos estoy lista y vamos todos a la exposición, claro, si usted va a la de la academia que está a dos calles, era para allá que nos dirigíamos. Y luego desfilan en la memoria, imágenes de Ana llegando al apartamento llena de lodo pero riendo, de Carlos inclinando para quitarle los zapatos y Gregoria desconcertada pero sonriente, de Ana ya de lila junto a él en la inauguración, de él pidiendo el número de teléfono de las hermanas, de sus visitas, del beso, del primero y de muchos otros, y regresa la sensación de estar con él a solas, de él recorriendo sus piernas despacio, despacito, su voz diciéndole mi bella al oído, Ana mostrándole los zapatos rosa llenos de lodo seco, Carlos riendo y proponiéndole enmarcarlos, proponiéndole vivir con él, Ana colgando triunfal el marco con los zapatos rosa a la entrada de El Cielito, días y noches de besos, de dedos recorriendo cuerpos, de lienzos de él y de ella llenando las paredes, los rincones y luego la mirada de Ana de nuevo sobre los zapatos verde olivo. Sus pasos lentos, casi imposibles hasta la habitación, el peso en su mano antes de abrir la puerta, el rostro de Carlos que no se inmuta y la sonrisa de los zapatos verdes, el silencio, el silencio de ellos que cae sobre Ana que corre, que quita el marco de la entrada, que lo estrella contra el piso, que saca sus zapatos rosa, que se va hasta el estudio y toma el bote de solvente para pinturas, que los rocía, que les tira un fósforo, luego otro y otro hasta que los zapatitos arden. Mientras miraba el inicio del fuego Ana pensaba en las palabras de Carlos, no te apures en volver, tómate el tiempo que quieras, mereces esas vacaciones, relájate e imagina tu próxima exposición, de todas maneras ya sabes que tengo que preparar la mía y estaré ocupado algunas semanas, tómate el tiempo Ana piensa en lo que te dije antes, el lunes hablamos Ana, ya sabes que no quiero tener hijos. Cuando la hoguera casi llegaba al techo, Ana salió con pasos calmos y se alejó mientras Carlos gritaba y maldecía, pasos y manos que no eran suyas cerraron puerta y sus pies la llevaron hasta el apartamento de Gregoria. Entró sin decir palabra, durmió por días. El perro amarillo roza de nuevo su nariz contra la pierna de Ana que entonces vuelve a respirar y decide no llegar hasta El Cielito. Ella y el perro amarillo doblan la esquina.

Loreta rabia

De vuelta en el apartamento, Loreta no puede evitar la tentación de revisar la lata de galletas en la que guarda fotografías, cartas y pequeños trozos de su vida. Aún con los guantes puestos, acerca un banquito, se sube sobre él y alcanza el caja azul que está hasta arriba en el armario. La deja sobre el sillón, va a la cocina, pone agua en la ollita roja y mientras observa las burbujas que poco a poco se forman en el borde, hace un mapa mental de los recuerdos que están en la caja para abrirla y directamente tomar las que quiere ver ahora, para evitar otros que la lastiman. Loreta sumerge en el agua hirviendo la bolsita de té de jazmín y acerca la nariz para sentir que el aroma la llena, le recorre las venas. Toma la taza anaranjada, coloca un chorrito de miel y deja caer dentro la bolsita, luego el agua caliente, despacio, despacito. Apaga la estufa y va hacia el sillón. Toma la lata de galletas, se quita los guantes, la abre y aparta —sin verlas— las fotos que están hasta arriba. Debajo de éstas, tal como lo recordaba, están las cartas de tía Paula y luego los carnets de su vida, las identificaciones de cada uno de los trabajos que ha tenido. Uno a uno desfilan los rectángulos de cartón laminados en los que constan su nombre, número de identificación, cargo, fotografías que dan cuenta del paso del tiempo de adelante hacia atrás, hasta llegar a ese, al primer trabajo, al de taquígrafa en la oficina del amigo de su padre. Recuerda la vista desde la oficina y cómo le gustaba ver a la gente pasar, imaginar sus vidas, sus voces. Más que en la ropa, Loreta se fijaba en los pasos, en los zapatos, en la velocidad con la que se movían, en la fuerza con la que tocaban la banqueta. A quienes caminaban tranquilos, les daba una voz suave, una vida articulada, clara y a los que parecían casi correr les otorgaba voces profundas como abismos, vidas apasionadas. Recuerda a la señora que siempre pasaba a eso de las dos menos veinte, jalando a un muchachillo por la mano, sus pies apenas tocaban el piso y justo un momento después, volvía a desfilar frente a la ventana el vagabundo de cabello enmarañado, de pantalones arremangados hasta la rodilla y camisa sucia pero remendada con hilo azul. Algunas veces lo vio por la calle pero nunca mendigando, nunca aspirando pegamento como otros que vagaban ahí cerca. Él siempre caminaba con las manos entre los bolsillos del pantalón, siempre con la vista al frente y los ojos claros, sólo una vez lo vio sonreír luego de morder un pan dulce. Dejó de verlo, quizá dejó de fijarse en él y en los demás cuando apareció Edgar acompañando a su madre para hablar con uno de los abogados de la oficina. Loreta aún recuerda a la señora regordeta decir, mi hijo, el próximo año será estudiante de odontología, y puede sentir que su cabeza se yergue y se fija en la mano del muchacho estrechando la del abogado. Las manos finas de Edgar invaden la memoria de Loreta que esta noche no tiene ganas de evitarlas, que quiere sentir de nuevo la rabia escalándole por el cuerpo, que quiere hoy olvidar otro poco, enviar al diablo otro fragmento de recuerdo y sabe que para esto, para enterrar un poco más de Edgar, debe volver a recorrer todo el camino: la mirada de él contemplándola de reojo cuando salió de la oficina junto a su madre, su sonrisa cuando pasó a dejar algunos documentos, el aroma de los chocolates con leche que le dejó sobre el escritorio cuando pasó por los papeles firmados, la visita sorpresa a su casa para pedir permiso y pasar por ella al trabajo por las tardes, acompañarla hasta el apartamento y hacer la visita. Cuando la sonrisa de alegría está a punto de aparecer, se asoma a la memoria doña Nesle, su voz chillante que le achacaba mil y un defectos y piensa en el imbécil de Edgar que decía, cuando me gradúe mi amor, nos casaremos, tú de blanco, virgen, buena como eres y yo con mi título, listo para empezar la vida contigo, alquilaremos un apartamento cerca del de tu madre y seguro cuando ya tenga la clínica, le ayudaré para que deje de trabajar fuera, para que pueda dedicarse como mi mamita a estar en casa, a hacer pasteles para primeras comuniones y cumpleaños, tan ricos que le quedan a tu mamá y por el segundo que logra desalojar a su nunca suegra de la cabeza, vuelve a sentir eso que sólo Ana le supo explicar dos años después, cuando volvió y en confidencia les contó a sus hermanas de los romances que había tenido con un inglés, con un mexicano y con un chileno, Loreta supo que eso que ella sentía cuando por las noches un escalofrío la recorría y ella para evitarlo, para disminuirlo, apretaba los muslos y sentía que la sensación se le escapaba por la boca, era algo a lo que Ana le daba un nombre que la hacía sonrojarse y que aumentaba sus deseos de poner en riesgo la pureza que Edgar alababa pero que guardaba para él, para después de la graduación, para el día de casarse. El placer del recuerdo pasa y entonces la rabia le estalla de nuevo, como tantas otras veces, al centro del alma. Vuelve a escuchar en su cabeza la cancioncita maldita que Edgar amaba, la que sonaba en la radio justo antes de que ella y Lucrecia pararan frente a la casa de Edgar. Habían hecho el viaje hasta el pueblo donde él hacía las últimas prácticas de su carrera, hasta el pueblo desde el cual le enviaba telegramas cada vez más escuetos, cada vez menos cariñosos, derrumbe en la carretera, no puedo pasar, llego la otra semana, besos, inspección de la universidad, llego domingo por la noche, besos. El doctor no está, dijo la recepcionista de la clínica popular, se fue a celebrar su cumpleaños con su mamá y no sé cuándo vuelve. Lucrecia, a quien le habían llegado rumores del comportamiento de Edgar, le dijo sonriendo y si nos quedamos acá esta noche, hay un hotel muy bonito y mañana, tranquilas nos vamos de regreso y te llevo a verlo, pero Loreta no quiere, quiere volver y celebrar el cumpleaños con él, quiere enfrentarse a la mamá de él y recordarle que en unos meses, cuando él se haya graduado, ella será su mujer, así que dice no, volvamos, por favor, si quieres manejo yo. Lucrecia asiente pero dice no, estás nerviosa, yo manejo, e inmediatamente se suben al auto y hacen el largo camino de regreso. Loreta no quiere pasar a cambiarse y directo llegan a casa de Edgar. Loreta toca el timbre, abre la sirvienta, nerviosa, sudorosa y le dice, niña mejor no entre, por favor niña, no entre pero Loreta la aparta y camina por el corredor. Lucrecia la sigue y le da el pastel a la sirvienta, que tiembla. Loreta camina en puntillas queriendo sorprender a Edgar que, piensa, seguro la ha llamado ya a casa, seguro la extraña, pero al entrar en el comedor ve junto a él a una joven de zapatos bajos y cómodos —como los que Edgar detesta—, a una que no usa tacones como ella, a una que tiene su mano entre la de Edgar que le pone, justo en ese momento, un anillo de compromiso. La ve y la vuelve a ver, mira la sonrisa en cara de la madre de Edgar y entonces, sólo entonces lo nota. Por lo menos cinco meses.

Lucrecia y su sonrisa

Lucrecia entra en casa de tía Carlota, el aroma a fritura contrasta con los recuerdos de infancia. Lucrecia camina por el largo pasillo, los cuartos en los que solían estar la eternamente cerrada habitación de Doña Lía y la de tía Carlota están llenas de comensales, Lucrecia sigue hasta donde estaba el comedor. El muchacho le dice, venga, siéntese, ya le traigo un poco de refresco y le acerca una silla. Lucrecia se sienta ahí, justo donde hace tantos años tuvo la charla sobre las infantas con tía Carlota. Alrededor, pláticas de trabajo, chismes, ruido de cubiertos y páginas de diarios, risas, cuchicheos. Lucrecia sonríe y observa el techo donde solía estar la veleta que retiró antes de vender la casa, tal como tía Carlota le había pedido antes de morir. El muchacho pone un vaso de refresco de piña sobre la mesa y le dice, mi mamá le puso más azúcar, como estaba pálida. Lucrecia sonríe, dice muchas gracias y sorbe el casi jarabe. El joven se da la vuelta pero ella lo detiene, me da un almuerzo de churrasco por favor y entonces él voltea, está segura, señora, y antes de que siga, ella dice, me trae picante también, por favor y vuelve a sonreír. El chico asiente, se da la vuelta y se interna en la cocina, uno más de churrasco. Lucrecia observa. Lucrecia que sólo tenía cuatro años cuando doña Lía murió, recuerda la habitación de la vieja, tapizada de terciopelo púrpura, la cama de madera obscura y pesada, las cortinas verdes de terciopelo que colgaban del dosel casi negro y el altar. El altar, la Dolorosa de los siete puñales, las lágrimas que parecían rodar sobre el lienzo, la mueca de quejido que Lucrecia no consigue olvidar. La Dolorosa que parecía sufrir por no poder cargar al niño que descansaba dentro de la urna abombada colocada sobre el mueble negro, de filos dorados. El niño de ojos azules y pestañas humanas tenía levemente erguidas las piernas y sus brazos se alzaban hacia su madre al otro lado del vidrio. Él sonreía y la tía abuela agonizaba en la cama, aunque a veces, se despertaba, una fuerza descomunal se apoderaba de su cuerpo y su garganta y entonces empezaban los gritos. Llamaba a tía Carlota con nombres horribles y reía, se carcajeaba, intentaba levantarse pero por suerte no podía. Lucrecia recuerda un enfermero vestido de verde hospital que la sujetaba mientras tía Carlota la inyectaba y luego Doña Lía lloraba y poco a poco se quedaba dormida. La tarde que volvieron del cementerio, luego de enterrar a su madre, tía Carlota cerró para siempre la puerta del niño y la virgen, mandó a quitar las trancas de las ventanas, a pintar la casa, a lijar todos los muebles para que quedaran de un pino claro, llenó de plantas el jardín y pagó para que le devolvieran a la veleta su color rojo. Tía Carlota nunca llevó el luto por su madre, volvió a usar los vestidos azules y verdes que luego le confesaría a Lucrecia, eran los colores favoritos de Pilaro y le hablaría de una casa pequeña, de puerta azul, de mesa de madera de un verde desgastado, pero también del vestidito azul que usaba sólo para él. Pero las cortinas negras siguieron ahí y fue hasta después de cumplir doce años, que Lucrecia preguntó por qué. El muchacho coloca sobre la mesa, un trastecito con picante y unos cubiertos envueltos en servilletas de papel. En un momento le traigo su comida y otro vaso de refresco, este está muy dulce, verdad —dijo mientras tomaba el vaso—, ya vuelvo. Lucrecia agradeció con una sonrisa y volteó hacia la puerta cerrada de la habitación que solía ser la sala. Lucrecia preguntó por las cortinas y tía Carlota le pidió que la siguiera a la sala, cerró la puerta y comenzó a caminar alrededor de la habitación. Has visto que siempre que salimos le pido a la vecina que se quede con tus hermanas, no es sólo para no dejarlas solas, es también porque no confío en Alfonso. Cuando tenía un par de años más que tú, mi hermano solía meterse a mi habitación y verme dormir. Algo en los sueños comenzaba a angustiarme y a veces me despertaba, otras soñaba con su mirada que me perseguía, su mirada y sus uñas largas, era horrible porque se quedaba ahí, viéndome, juro que no parpadeaba, se hizo cosa de todos los días. A tres losas exactas de mi cama, luego a dos. La única vez que le dije algo a mi madre, que le pedí permiso para cerrar la puerta de mi habitación con llave, se enojó, mucho, me reventó los labios, dijo que en su familia no había pervertidos y mandó quitar la cerradura de mi puerta. Comencé a no dormir, si se daba cuenta de que estaba despierta no entraba y luego de un rato escuchaba sus pasos perderse por el corredor. Pasé días así, sin dormir, pero era casi insostenible y él se quedaba más tiempo detrás de la puerta. A través del lugar donde había estado la cerradura podía ver su bata amarilla. Tenía miedo, miedo y sueño. Una noche me quedé dormida. Cuando desperté estaba sentado a mi lado, la mirada fija. No dije nada, no pude, él se levantó y se fue, despacio, sin voltear. No puedo describirte el terror, dijo la tía mientras se volteaba y se alejaba de la ventana para comenzar a dar vueltas por la sala. Ese mismo día, en un momento en que mamá se descuidó, entré al cuartito del fondo, donde están los cachivaches. Alfonso volvió a meterse a mi habitación, volvió a pararse a tres losas, luego a dos. Dormí con el martillo bajo la almohada, me quedaba dormida hasta que estaba completamente segura de que lo tenía bien agarrado. Dos veces desperté y lo encontré de nuevo sentado en mi cama. A la tercera, no pensé. Mi cuerpo reaccionó sin preguntarme. Cuando lo sentí tocarme la punta del pie, mi mano derecha salió de debajo de la almohada, con el martillo en la mano. Recuerdo un ruido hueco, el sonido de su cuerpo cayendo al piso y luego los gritos de mi madre, sus golpes. Pude dormir. Alfonso también. No volvió a ser el mismo, nunca. Ya lo has visto sólo va y viene, nunca habla, creo que no lo he escuchado decir palabra desde que murió mamá. Aun así no confío en él, dijo tía Carlota, por eso no las dejo solas. El muchacho del comedor se acerca y le dice, ahorita le traigo su almuerzo, señora. Lucrecia recuerda al tío Alfonso caminando por la casa, parecía no verlas, pero algunas veces, sentía un escalofrío recorrerla y puede sentir un poco el terror de tía Carlota. Por suerte mamá no podía meterme presa, no se lo permitiría jamás, le dijo a todo el mundo que Alfonso se había caído del techo. El doctor no la contradijo. Mamá me encerró un tiempo, pero no fue mucho, necesitaba que alguien hiciera las cosas de la casa. Después del golpe, Alfonso comenzó a hacer lo mismo que hace ahora, irse por la mañana, volver por la noche, a veces deambular todo el día por la casa. Cambié las cortinas por unas claras pero entonces a él le gustaba más la casa y se quedaba todo el día por acá, así que volví a poner las negras, no le gustan. Dos meses después de la muerte de tía Carlota, Alfonso murió. Lucrecia le dejaba comida todos los días. Encontraba los platos vacíos y no volvió a ver a su tío hasta esa mañana que lo encontró muerto y seco en el pasillo. Cuando vendió la casa y mandó a revisarla, los trabajadores encontraron la comida que había sido tirada al techo. Lucrecia mandó a quitar las cortinas, mandó a quemarlas. La puerta de la sala se abre, una jovencita sale y deja la puerta entreabierta. Lucrecia puede ver varias camas, casi sin espacio entre una y otra y sentada sobre la cama de en medio, ve una niña sentada, la mirada fija en la televisión y una muñeca entre los brazos, piensa en sus niños y sonríe, pero no puede dejar escapar un suspiro de nostalgia y pensar que le hubiera gustado tener uno más, una niña y la voz del médico diciéndole que era necesario hacerle una histerectomía resuena de nuevo en su cabeza, pero no tiene tiempo de recordar el resto de la escena, el muchacho ha colocado el plato de comida frente a ella y el aroma de la carne, del arroz, del vinagre de la ensalada alegran su olfato y vuelve a sonreír. No ha comido desde la seis y media de la mañana y su estómago reacciona. Lucrecia corta la carne, prueba el arroz, la ensalada. Todo le parece divino y suspira mientras come, deja atrás a Pablo recriminándole no tener otro hijo y aunque la escena sobre el escritorio le regresa y da una vuelta por su memoria, Lucrecia sonríe y decide volver a la oficina después de comer.

IX

Ana vuelve

Al dar la vuelta en la esquina, Ana caminará derecho hasta la casa, lúcida como nunca, comentando el camino con el perro amarillo, saludando a los vecinos mientras se acerca. Pasará a la tienda, un litro de coca cola por favor, unas galletas de canela de las que le gustan a la chica y unos dulces morenos para el chico. Luego hasta la casa, directo, sin paradas. Después de abrir la puerta, se quitará los zapatos, se sentará sobre el sillón rojo y repasará las palabras que dirá a la momia esa tarde, cuando llame a la oficina para decir Señor Abe, el lunes iré a recoger mis cosas, en el contrato está estipulado que deben darme la indemnización completa, así que espero que el cheque esté listo en diez días, como dice en el contrato, y no, no firmaré de recibido hasta haber comprobado el depósito. Ana practicará frente al perro amarillo, frente al espejo del corredor y el del baño, Ana cantará esas palabras mientras da vueltas como una niña por el pasillo, pero sus ojos no dejarán de vigilar el reloj del comedor, esperando a que llegue el momento justo, cinco minutos antes de que la momia quiera iniciar su siesta de la tarde. Mientras espera, Ana va a revisar la libreta de teléfonos, circulará los nombres de los amigos que pueden darle una mano, de aquellos que puedan querer clases de pintura para sus hijos, de los que trabajan en colegios y quizá le consigan unas horas, unos cursos. Al terminar de pasar en limpio la lista, va a sentarse a hacer cálculos sobre la indemnización por los últimos ocho años, descontará las colegiaturas de los chicos hasta el final del ciclo, la renta para seis meses y luego de reconectar el teléfono, llamará a las carpinterías que ofrecen escritorios para niños y caballetes y dirá, le llamo luego y le digo cuántos necesito. Con el metro en mano, Ana medirá el largo de una loza y contará las de la sala a lo largo y lo ancho, diez, diez escritorios pequeños y seis un poco más grandes, por si vienen adolescentes, escribirá en la libreta junto al presupuesto, todos los escritorios y las sillas han de ser plegables para poder colocar a los alumnos conforme llegan, necesito también ocho caballetes, que puedan acomodarse a distintas estaturas, tendré que ir a hablar con el carpintero —le dirá al perro amarillo en tono decidido—, pero necesito una idea del costo, y volverá a llamar al número que subrayó en la guía, discutirá un momento con el carpintero y finalmente dirá, está bien, mañana paso por ahí y le doy el modelo y le dejo un adelanto, que necesito pronto lo que le pido. Colgará y una sonrisa —a veces amarga— la acompañará el resto de la tarde, mientras recuerde la vida sin Carlos, haber vuelto a la casa de su madre por unos meses, casi haber muerto de dolor cuando en un almacén, un amigo de ambos —amigo se decía— le contó, con maña, que ya conocía a Teresita para después asegurar que Carlos le había dicho que él y Ana seguían siendo amigos. Recordará entonces haber salido a bailar todos los fines de semana, aceptar las invitaciones a cenar, los paseos a la playa y los cortejos del papá del chico, el de cabello abundante y en los escrúpulos que él supo hacerla evitar. Ocho años no son nada, le decía al oído mientras la besaba en el auto parqueado bajo unos , déjame borrar el tiempo que pasaste con él, mientras sus manos se le metían bajo la falda y su boca recorría la blusa celeste, delgada. Ana se dejaba llevar y se cada vez que el placer se escapaba de su boca, pensaba en Carlos, en la mirada fría y la casi sonrisa que le dedicó desde la cama, junto a la de los zapatos oliva. Volvía a sentir el olor del solvente y del fuego consumiendo sus zapatos rosa. Cuando el aroma del humo se disipe en su memoria, pensará en el temor mezclado con la alegría de la menstruación ausente, en la aguja del laboratorio que se quebrará antes de poder entrar en su vena, en su negativa de orinar en un frasquito. Recordará a Gregoria diciendo que la ve distinta, un poco más llena y que sonreirá un par de meses después cuando la gestación sea evidente y Ana tenga antojo de turrón y dulces morenos, cuando Loreta y Lucrecia se sienten por la tarde a hacer zapatitos de croché, unos rosa, unos celestes para estar preparadas. Sólo el sonido de la aldaba contra la puerta, la sacará de esos recuerdos un momento y entonces le pedirá al perro amarillo que vaya y ladre como si no hubiera nadie en casa.

Loreta habla

Al meter de nuevo los carnets dentro de la lata de galletas azul, Loreta intentará —sin lograrlo— escapar del recuerdo de Edgar entrelazando la mano de la mujer, de la sonrisa de la vieja que en cuanto la vio entrar dijo, Edgarito, no nos dijiste que habías invitado a tu compromiso a tu amiga Loreta y a su hermanita, tan lindas que hasta pastel trajeron, pero cómo soy de tonta, si seguro tú, mijito, ya le habías contado que vas a ser padre, pasen niñas, siéntense. De no haber sido por Lucrecia que la sostenía de la cintura, Loreta se habría desmayado ahí mismo, pero la voz de su hermana en su cuello susurrando, tranquila, siéntate, y las palabras de no dejes que la vieja gane, la hicieron erguir la cabeza, esbozar una mueca de dolor disfrazada de sonrisa y Loreta se sentó contra todo lo que pensaban los presentes y comenzó la conversación diciendo no, no sabía, pero vaya, qué buena sorpresa, por fin el doctor cumplirá con sus sueños, qué raro que no te hayas casado antes de que estuviera tan avanzado el embarazo, la felicito doña Nesle, su nuera se ve tan fina, tan buena persona que esperemos que Edgarito no repita el camino de su papá, verdad, porque siempre lo dice, no es cierto, Edgarito, lo duro que fue para ti no tener, como tus compañeritos del colegio, digo, del instituto, a sus padres durante la graduación, eres un buen hombre, dijo Loreta mientras se servía un poco del café ralo que esperaba al centro de la mesa. La embarazada no podía moverse, sus piernas temblaban y Lucrecia, siguiendo el juego de su hermana se sentó y dijo, trajimos un pastel para celebrar tu cumpleaños, qué bueno que coincidió con tu compromiso, pero no nos has presentado a tu futura esposa, dijo y por unos segundos solamente se escucharon las cucharitas de las hermanas que revolvían el azúcar en sus tacitas de café, mientras fijaban a Edgarito directo a los ojos. Los labios de la mujer de Edgarito temblaban, doña Nesle no podía hablar. Todos —excepto las dos hermanas— estaban de pie, alrededor de la mesa, el temblor de labios, piernas, almas casi resonaban contra las paredes y Lucrecia dijo, que traigan el pastel, ya sabe que a Edgarito

133

le encanta el que hace mi mamá, así por una vez lo prueba, doña
Nesle, que nos traigan un cuchillo y lo partimos, en lo que Edgar se
decide a presentarnos su mujer que seguro por la emoción del compromiso no puede hablar, no se quiere sentar, preguntó Loreta a la
mujer de párpados pintados de ese azul profundo que unos meses
atrás cuando Loreta se fue con él para ayudarle a instalarse, Edgar
había asegurado le parecía vulgar. La mamá de Edgarito tratando
de contener la rabia pidió un cuchillo y Lucrecia sonriente dijo,
¡ah! qué maravilla, ya lo probarán ustedes, mientras se inclinaba
sobre el pastel para cortar las tajadas, por favor que traigan unas
porcelanitas para servirlo, así todos comemos pastel. Finalmente la
embarazada se había sentado y junto a ella —justo en la silla frente
a Loreta— Edgarito en silencio se miraba las manos sudorosas que
apenas podían contener los nervios. La sirvienta entró y casi sin
poder disimular la complicidad con Loreta, dejó los platitos sobre
la mesa. Loreta con sonrisa amplia que escondía perfectamente la
rabia que escalaba milímetro a milímetro su cuerpo, dijo cómo se
llama la futura señora de Edgarito, tiene usted cara de... no sé, no
sé, no puedo darle un nombre, qué difícil, como no conozco gente como usted, no logro nombrarla. Marta, dijo Edgarito en voz
baja, cómo, preguntó Lucrecia, Marta, volvió a repetir el hombre
intentando que la voz no le temblara, ¡Marta!, dijo Lucrecia en voz
alta, vaya, jamás lo hubiéramos adivinado, no es cierto Loreta, dijo
volteando a ver a su hermana con una enorme sonrisa, y se cono-
cieron en el pueblo, preguntó pero no dejó que nadie respondiera
y siguió, qué bueno que le ha hecho usted buena compañía a Edgarito, ya sabe, me alegra tanto que la haya conocido, estábamos
todos tan preocupados porque él se aburriera, no es cierto, le dijo
a su hermana y siguió, seguro con la compañía de Marta, no ne-
cesitaste los libros que te enviábamos, pero quédatelos, seguro más
adelante los lees, en los desvelos con el retoño que viene en camino, necesitarás algo que te distraiga mientras tu mujer lo duerme,
seguro serás un padre intachable que dará a sus hijos ejemplos de
cómo tratar a las mujeres, qué suerte tiene, Marta, con un hombre
tan bueno, tan sincero, decía Loreta mientras partía su pedazo de

pastel. Sólo las hermanas comían y hablaban, a los demás los había atrapado el silencio, pero ellas estaban ahí como si fueran parte de la fiesta desde el inicio y entonces hablaron del clima, de las últimas noticias, le contaron a Edgarito de los amigos del barrio, que la próxima semana habría una reunión en casa de Danilo para celebrar los cumpleaños del mes y lamentaron que pobre Edgarito y pobre Marta no podrían acompañarlos, ya sabés cómo son, dijo Loreta, fuman como locos y eso no puede caerle bien a tu mujer, y tú, como eres un caballero seguro declinarás la invitación, no puedes, no debes dejarla sola, vuelven al pueblo, preguntó Lucrecia y cuando Edgarito asintió, Loreta dijo, lástima. Cuando finalmente la sirvienta entró de nuevo al pequeño comedor de paredes bajas y ventanas con bordes pintados de negro, para preguntar si las señoritas se quedaban a comer, Lucrecia vio su reloj y dijo, Dios santo qué tarde es, no, no nos quedaremos, muchas gracias por la invitación, pero no podemos, he quedado con mi novio de ir a la fiesta de graduación de su hermano y tengo ya poco tiempo para llegar a casa y arreglarme, así que nos disculparán pero nos vamos. Loreta se levantó sonriente, se despidió de todos con un que tengan buen provecho y las hermanas salieron de la casita. Lucrecia abrió la puerta del auto del lado del copiloto, tomó del brazo a su hermana que ahora temblaba, la ayudó a sentarse y cerró la puertezuela. En cuanto escuchó la puerta de la casa cerrarse, Loreta se soltó en llanto, lloró como niña y no pudo parar hasta quedar dormida en el regazo de Gregoria que le acariciaba la cabeza. Aunque al momento de guardar los carnets en la lata de galletas, Loreta rogará que los recuerdos dejen de perseguirla, ellos no querrán volver dormir en la lata y entonces de su bocas saldrán amenazas de hogueras que consuman los telegramas que, con voz de Edgar, repitan imposible llegar esta noche, carretera cerrada por derrumbe, inspección de la universidad, no llego este fin de semana. Loreta amenaza y los recuerdos callan, al menos por esa noche no quieren arriesgarse a tener el mismo destino de las cartas que decían te quiero pequeñita, sueño con hacerte mi esposa, soy tan feliz a tu lado.

Lucrecia y las calles

Luego de terminar el almuerzo, el muchacho del comedor retirará el plato y pondrá frente a Lucrecia un pequeño bol con arroz en leche y canela que, aunque jamás sabrá como el de tía Carlota, le hará tomar el valor de ir y buscar a Ana, de pedirle disculpas de nuevo. Mientras Lucrecia come despacio el postre, los comensales se irán retirando y entonces una tropa de jovencitas se esparcirá por toda la casa, armadas con escobas, limpiadores y recogedores. Cinco minutos antes de irse, cuando pida un vaso con agua, entrará por la puerta una mujer que Lucrecia identificará como la que se persignó en la iglesia unas horas atrás y estará tentada a hablarle y a quedarse platicando con ella cuando escuche a una de las muchachas decirle, buenas tardes Tada, ya le traigo su almuerzo, a lo que la vieja infanta responderá si no tuvieras esas manos de diosa en la cocina te ofrecía la mejor habitación de la Santa. Lucrecia sonreirá mientras se levanta y piensa si debe o no hablarle, pero escuchará que la mujer dice la muerte anda cerca niñas, prendan una vela y tráiganme el almuerzo y se pondrá a rezar. La verá tan concentrada en las plegarias que Lucrecia no se atreverá a perturbarla para darle un abrazo y agradecerle los dulces de la infancia, la risa que inundaba la calle y saldrá después de pagar, decidida, rumbo a la casa de Ana y los chicos. Sin querer va a pasar por ahí, por la casa de la amiga donde conoció a Pablo, pero todo está tan reciente, las sandalias blancas, los zapatos cafés, el escritorio de su padrino Abraham, que los recuerdos del inicio, de Pablo retando a Doña Alicia —su madre— que opinaba que no había mujer buena para él, que nadie podría cuidarlo como ella y que señalaba todos los posibles pequeños defectos de Lucrecia, que si una arruga en el vestido, que si un colocho fuera de lugar, la punta del zapato izquierdo un poco más obscura que el del derecho, el pintalabios de un color tan pálido que le recuerda la muerte y que por lo tanto la angustia. Lucrecia casi sonríe al recordarlo llegar con un maletín en mano, jurando dejar a su madre para siempre. Ella no pudo resistirlo y se dejó lo dejó entrar en su casa, se casó con él al día siguiente, sin decirle nada a nadie. Luego de quitarlos a gritos y golpes del escritorio de su padrino, luego de sacarlos y estrellar la puerta tras ellos, Lucrecia tomó el bote de basura, lo volcó sobre la huella de los cuerpos, buscó en la gaveta el encendedor de su marido y le prendió fuego a los papeles arrugados, a los pedazos de sobre, a las facturas, Lucrecia, sentada sobre el piso, ida, pálida, llorosa, miraba la hoguera. A lo lejos sonaba la sirena de bomberos que se acercaban alertados por los vecinos. La sacaron paralizada, con el llanto silencioso que no paraba. Lucrecia logrará ahuyentar los recuerdos y las calles le recordarán las vacaciones, los juegos de escondite con los vecinos, el sorteo de turnos para usar la bicicleta. Verá de nuevo a sus hermanas sentadas sobre la acera, ahí, donde ahora duerme un mendigo y casi sentirá el aroma del sorbete de cereza que su padre les compraba. Lucrecia caminará despacio y soñará con las navidades, con ella y sus hermanas saliendo a las calles con cajas vacías forradas con papeles de fiestas pasadas para que los demás niños creyeran que llevaban regalos. Sonreirá cuando recuerde las madrugadas de navidad en las que Ana las animaba a buscar por el patio —y a veces sobre el techo— si por casualidad a Santa Clos se le había caído un regalo extra. Unas cuadras más adelante, Lucrecia encontrará una manada de cabras guiadas por un muchacho de piel curtida por el sol, el olor del queso que preparaba la abuela Libertad volverá a ella después de más de treinta años y la imagen de Ana y Loreta dorando el queso en la hornilla de la estufa.. Pasará comprando pan dulce, pensando en tomar café con su hermana para hablar las cosas, para explicarle de nuevo que no había querido lastimarla. Después de la muerte de Gregoria, Ana había caído en depresión, las pastillas la sumían en el sueño. Loreta se había mudado con Ana y los chicos al apartamento que ocupaban antes de mudarse a esta casa. Se encargaba de llevarlos al bus del colegio, recogerlos y los atendía hasta la hora de dormir. Ana estaba sola en casa durante todo el día y Loreta le había encargado a Lucrecia que intentara sacarla de la depresión, que hablara con ella para que volviera al trabajo. Loreta recibía llamadas del señor Abe. Dígale que se presente el lunes, comprendo la situación pero tampoco voy a seguir pagándole por no hacer nada. Lucrecia había llegado a justo antes de que las pastillas que Ana tomaba cada vez con más frecuencia, la tiraran a la cama por otras cinco o seis horas. Ana dormía y su hermana intentaba encontrar el lugar donde guardaba el botecillo maligno. Quería tirar las píldoras, esconderlas, alejar a su hermana de ellas. En las gavetas de la habitación de Ana, encontró uno de los cuadernos de la infancia cien veces borrado, la receta de arroz con azafrán del puño y letra de la abuela Libertad, un pedazo de cuero azul de un zapato de Don Santiago que Ana había logrado rescatar de las cenizas, el codo del boleto a Nueva York, las fotos con los chicos de la señora Arkes, invitaciones a sus exposiciones cuando aún estaba con Carlos, cuando aún pintaba, la foto —con el rostro rayado— de un muchacho rubio de la época de Ana en Nueva York. Al fondo del armario encontró los dieciséis cuadernillos, leyó algunos de las ideas de Ana para hablar con el muerto. Quiso sonreír pero no pudo. La rabia comenzó a subirle por los pies. Nunca le había gustado Carlos pero todos lo amaban, todos lo admiraban, todo se dejaban llevar por su voz profunda que hablaba de arte, que siempre dominaba la conversación. Luego de que Ana fuera del apartamento en que por seis meses casi exactos volvieron a compartir las cuatro, Lucrecia tuvo la impresión de que las obras que él presentaba en las exposiciones no eran propias. Ana tenía una forma de aplicar la pintura, con una espatulita, que ella podía reconocer a leguas. Eso, eso que Ana hacía desde chica, daba una impresión de vida. Lucrecia conocía el trabajo de Carlos porque cuando volvió a casa de Gregoria y Loreta, casi después de cinco años de vivir con los padrinos, había comenzado a asistir a los cursos de escultura de la academia de artes. Carlos daba clases y un par de veces al año exponía ahí y las madres de los alumnos se dejaban llevar por la voz de Mauricio Garcés seductor, los ojos negros y le compraban esas obras que a Lucrecia le parecían horrendas. En la primera exposición que Carlos hizo luego de que él y Ana ocuparan el apartamento en El Cielito, esa forma de aplicar la pintura estaba en los cuadros de él. Seguían siendo igual de horrendos pero ese detalle, ese toquecito de vida provocaba un efecto inexplicable que hiso que —sin saber por qué— los cuadros fueran comprados por personas que no eran madres de estudiantes, por dueños de galerías y coleccionistas de arte local. Cuando un año después, Ana presentó su primera exposición, todos hablaron de la notable influencia del maestro, un formador de artistas, un hombre que dejará huella en sus pupilos y que dará grandes satisfacciones al arte nacional. Lucrecia sintió asco y enojo. Asco por Carlos que la desafió con la mirada burlona cuando la encontró frente a un cuadro observando ese detalle. Enojo con Ana, que negó ser quien le daba el toque de vida a las obras. Cuando Ana dejó El Cielito, él mandó un picop con las cosas de ella. Todas excepto una centena de cuadros que luego aparecerían en los diarios con el nombre de él y que hablaban de la evolución del maestro. Ana nunca dijo nada. Canceló una y otra exposición hasta que nadie confió en ella. No había podido romper con ella misma, con su forma de pintar. Todo parecía lo que él exponía y ella no quería que dijeran que él estaba reflejado en su obra. Esa era ella, la de las pinturas que Carlos vendía y comenzaba a llevar al extranjero. El día que murió Carlos, Lucrecia abrió una botella de Champagne y la bebió completa, brindando por la muerte de la bestia. Entre los cuadernillos, Lucrecia había descubierto el diario de Ana. Y en ese momento, frente a la puerta de la casa de su hermana, Lucrecia tendrá miedo, pero pensará en las ganas que tiene de abrazarla, de decirle que la quiere y tocará a la puerta. Sólo, después de unos segundos, el perro amarillo ladrará al otro lado.

X

Ana busca

Cuando finalmente dejen de tocar a la puerta y el perro amarillo busque de nuevo a Ana, la encontrará frente al espejo del baño, ensayando la llamada. Una y otra vez, palabra por palabra, repetirá lo de recoger sus cosas, lo del contrato, lo del cheque y la firma. Después de cada repetición consultará el reloj y justo cinco minutos antes de las y cuarentaicinco, Ana dirá, hola, buenas tardes Alicia, me comunicas con el señor Abe por favor, sí los chicos bien, es sólo la fiebre, pero como se pusieron mal durante la noche no logré que alguien se quedara con ellos, sí, está bien, yo les digo, gracias, sí espero, Señor Abe, he pensado durante todo el día y el lunes voy por mis cosas, le llevo la carta de renuncia y espero que mi cheque por la indemnización completa en diez días, como dice en el contrato, por motivos personales, sí, no, no voy a explicarle nada, no creo que sea necesario, en el contrato no lo específica, no, no, no lo haré, sería demasiado vergonzoso para usted, claro, no sabe, usted conoce la razón, no creo que sea tan difícil, el lunes se lo digo en persona si quiere, si no la ha encontrado después del fin de semana, no, no, usted lo sabe perfectamente. Paso el lunes. Después de colgar Ana tendrá la certeza de que al otro lado del teléfono el Señor Abe acaricia al gato azul que no volverá a rozar su cuerpo. Sentirá asco y se verá tentada a volver al baño, pero tendrá miedo de encontrar de nuevo el recuerdo de Carlos e intentará evadirlo haciendo lo que más detesta, lavar los platos. Cuando sienta el jabón suavizar sus manos, sonreirá al recordar la felicidad que sentía cuando juntaba algunas monedas y le pagaba a Loreta para que se ocupara de la loza por ella. Pero los platos acumulados de dos días no alejarán al fantasma de Carlos que la observa desde la puerta de la cocina, que clava sus ojos de aceituna negra sobre su cuello y le recorre la espalda, las nalgas, las largas piernas y los pies, esos pies que él recuerda vestidos de rosado y lodo. Ana sentirá la presencia y entonces buscará en al fondo del armario el cuaderno número dieciséis en el que tiene apuntadas las últimas formas de comunicarse con él. Ni jugar a la guija con los niños, ni sola, ni la concentración, ni la posesión, ni hablarle a través de un vaso con agua, ni con una radio de onda corta, ni el desdoblamiento, ni los sueños inducidos, ni la auto hipnosis, ni observar el fuego, ni las hojas del té, ni el tarot, ni hablarle por horas, ni quedarse al teléfono hablando por horas con el tono muerto, ni irse a un bosque y llamarlo, ni las fotografías, ni la médium, ni los talleres de sexto sentido, ni el espejo, ni la iglesia unitaria, ni observar fijo una vela, ni escribir en el aire con fuego, nada, nada había funcionado, Carlos nunca le hablaba, no había vuelto a escuchar su voz desde el día que lo encontró en la calle, ella con los dos chicos, y él le dijo hola, sólo eso, sólo eso porque ella no paró, siguió caminando como si no lo conociera, como si su cuerpo no se estuviera muriendo por besarlo, por tirarse sobre él y decirle maldito, cómo pudiste y darle un beso y luego decirle ya leí que dicen los críticos que te estás estancado, que no has producido nada que valga la pena en dos años, que parece que tienes un regreso a tu primera obra, maldito. Pero con el cuaderno entre las manos, Ana sentirá claramente el olor de Carlos, el olor que le gustaba, que aspiraba por las noches y cerrará los párpados y se dejará llevar por toda la casa, seguirá el perfume por el corredor, pasará la sala y subirá las escaleras tras de él. La libreta caerás sobre una de las gradas, el perro amarillo, que hace mucho tiempo no ve a Ana tan feliz, no reaccionará como otras veces al fantasma y se quedará echado al pie de las gradas, mientras el espectro acorrala a su dueña en el corredor del segundo piso. Ana, recostada contra la pared al lado de su habitación, parecerá estar bailando suave, con los brazos levantados, levemente doblados, como si alguien los sujetara en alto. El aroma de Carlos la hará deslizarse contra la pared rugosa, contra el marco de la puerta y contra el aire que se sentirá un poco sólido y la llevará hasta la cama, donde Ana volverá a sentir el peso de Carlos, su respiración. El perro amarillo sonreirá y se quedará dormido luego de escuchar gemidos de Ana antes de quedar profundamente dormida.

Loreta entiende

Después de dejar la lata azul en su lugar y de limpiar sus lágrimas, Loreta volverá a la cocina y calentará de nuevo el té que no probó. Volverá al sillón de la sala, se sentará y entonces notará en el piso una fotografía de Gregoria y Don Santiago el día de su boda. Su madre sonriente y su padre rígido, serio como siempre. Loreta pensará en la taza verde que descansa en la oficina y decidirá que el lunes se la llevará para el apartamento. La taza no se moverá de la oficina en los próximos seis años, hasta que a Loreta la asignen a un país más cálido. Pero en ese momento, mientras observa la foto, Loreta recordará las manos de su madre rodeando la porcelana verde y la escuchará diciendo que deje de llorar por Edgar, que a veces los sueños se convierten en algo más, en algo como ese estado entre el sueño y la lucidez. En algún momento comencé a sospechar que la viuda le había contado a Rodolfo de las cartas que su papá me enviaba, culpó a una de las muchachas que trabajaban en la casa de ser celestina. La vieja, sabía que si yo seguía en la casa, mi hermano Rodolfo —tal como sucedió— viviría más que ella y me incluiría en la herencia. Ella quería que su dinero fuera sólo para sus sobrinas y yo lo entendía, era lógico, por qué debería dejarme algo, yo no era su familia, pero mi hermano no lo permitiría. Se había casado con ella de manera apresurada cuando enfermó mi madre y mi padre comenzó a hablar de colocarnos entre los familiares. La viuda aceptó que yo, que no era ni muy pequeña ni muy grande, me fuera con ellos cuando murió mi madre. Rodolfo se había casado con ella que, a cambio de tenerlo, compartió con él su dinero, el tiempo libre y el paseo por las propiedades. Rodolfo tenía esta idea de cuidarme por siempre, de no dejar que nadie se me acercara, quería que yo cuidara a su esposa. Siempre fui el vivo retrato de mi madre. Pero la viuda esperaba que una de sus sobrinas asumiera el cargo, como doña Lía con mi prima Carlota, pero las dos se casaron y ella jugó y perdió hasta el último centavo, todo excepto el collar de perlas que Rodolfo le quitó al cadáver antes de enterrarlo. Sólo yo lo vi, nadie más fue con él al cementerio. El sacerdote ya no estaba y mi hermano pidió a los albañiles que nos dejaran solos con la viuda por un momento antes de subirla al tercer nivel del nicho común. Abrió la puertecilla superior del ataúd, sus lágrimas caían sobre la cara gris de su mujer, no dijo nada, sólo rodeó su cuello con las manos y le quitó el collar, lo guardó en la bolsa de su saco, le dio un beso en la frente y cerró la caja. Rodolfo murió dos semanas después. Usted estaba muy pequeña para acordarse de todo eso. Había empeñado el collar de perlas, vino a verme, me dio un dinero y se despidió, no supe de él hasta que me llamaron de la morgue, había bebido sin parar pero no lo mató el trago, fue una caída. Cuando lo vi en la losa, tenía esa misma sonrisa de serenidad de cuando la viuda le aseguraba que estaba conforme con que me hiciera cargo de ella. Pero ella supo inmediatamente que el ingeniero me había dejado loca, encantada con su forma de caminar, con la manera como había pronunciado mi nombre, con el trazo de su letra cuando apuntó su nombre en un papelito y se lo dio a la viuda. Cuando unos días después me atreví a preguntarle si sabía algo de Don Santiago, vi en sus ojos una sonrisa y me dejé llevar, jugué a la ya no tan joven inocente y ella arregló todo. Me ayudó en el romance, entregó cartas y cubrió todo hasta que, según me dijo, no le quedó más que confesarle a mi hermano que el ingeniero y yo. Culpó a la muchacha y Rodolfo me encerró, hasta la ventana de mi cuarto mandó a sellar. Ella calculó todo, de eso me di cuenta cuando ya vivía con tu padre, cuando, cuando pasaron todas esas cosas que recuerdas y otras más, cada vez que tu padre me gritaba, que estrellaba los platos contra el piso, yo pensaba en ella, en todo su teatro, en esas veces en las que me acompañó en el encierro y suspiraba y decía, nena sólo que escapes con él, tu hermano está furioso, ya le dijeron que los vieron en la alameda, con las manos casi tocándose, yo he tratado de decirle que eres joven, que puedes casarte, que una de mis sobrinas puede hacerse cargo de nosotros, que el ingeniero es un hombre solvente, pero él insiste en que no, que no te vas a casar nunca, cuando duerme susurra que eres demasiado parecida a su madre, que no puedes casarte, transpira en sueños, no creo que te deje ir, pero si lo amas, si de verdad lo amas, vete, dile a tu hermano que has entendido, que vas a dejar de verlo, y no te muevas de casa por unos meses, yo seguiré llevando tus cartas al ingeniero y te traeré las suyas, mira, ahora te traje esto, creo que es una foto, me dijo y me extendió un sobre. Luego me dijo que la guardara bien, en un lugar donde él no pudiera encontrarla y me dejó sola. En la parte de atrás tu padre había escrito: Por volver a tener frente a mí el abismo de sus ojos, Gregoria. Con la admiración de su servidor, Santiago. No sabes cuánto fui feliz y seguí el plan de la vieja, convencí a mi hermano de que ya lo había olvidado y rompí frente a él algunas cartas de tu padre. Las rompí y él les prendió fuego, ahí mismo en la habitación, en la bacinilla de peltre que estaba bajo mi cama. Pasé más de cinco meses encerrada en casa, nunca pedí salir, volví a poner pie en la calle cuando finalmente Rodolfo me pidió que los acompañara a misa. Supe que tu padre estaba en la iglesia por su olor que atravesaba el aroma del incienso de azúcar. Tres meses después era casi libre, pero sentía que en la calle todos me observaban, así que decidí escapar un domingo, le escribí a tu padre para que me esperara en la esquina del otro extremo de la calle a las ocho en punto, cuando los demás estuvieran en misa. Fingí estar enferma y como la vieja conocía mis planes, antes de partir mandó a las sirvientas al mercado. Esperé un momento y cuando sonaron las campanadas de la iglesia, fui al patio, me subí por la escalera que daba al techo y caminé despacio sobre la tejas de la casa y de las casas de los vecinos hasta llegar a la esquina. No sé si alguien me vio, no me importó y ahí estaba él, Santiago, sonriendo, esperando por mí. Nos fuimos, yo llevaba mi documento de identidad y nos casamos en la municipalidad. Me fui a vivir con él a una casa pequeña que ya no existe. Rodolfo llegó fúrico, yo abrí y no me dijo nada, sólo me tiró una caja con algunos vestidos, un par de libros y esta taza que era de mi madre. Fue hasta que murió la vieja, dos días después del nacimiento de Lucrecia, que Rodolfo volvió a buscarme. Lloraba y me pidió que lo acompañara en el solitario funeral. Creo que la desolación de mi hermano conmovió a Santiago, por un momento pensé que no me dejaría ir con él, pero llamó a Carlota y le pidió que llegara para cuidarlas. Loreta recordará a su madre contando todo eso con los párpados cerrados, y la seguirá escuchando decirle con lo de Edgar, piense que quizá su sueño se convertiría en algo similar al mío, recuerde que la madre estaba en contra, que usted nunca le gustó y que de haberse casado con él —como esa pobre que ahora está embarazada— es muy seguro que le hubiera tocado vivir con su madre o usted seriamente cree que él la dejaría. Tuvo suerte, créalo.

Lucrecia y la hoguera

Lucrecia se dará por vencida frente a la puerta de su hermana después de tocar cinco veces. Decidirá volver a la oficina y el camino recordará el diario de Ana. Lo había encontrado ahí, apilado con los cuadernillos de la muerte. Al inicio había sentido esa sensación adolescente que la invadía cuando, unos años antes, se escabullía a la terraza y leía el diario de Loreta que registraba los sueños extraños en los que Edgar y otros cuerpos aparecían desnudos. El diario de Ana era otra cosa. Aunque el diario era reciente, encontró la tinta corrida —una y otra vez— sobre la historia una y otra vez escrita, de la negativa de Carlos a tener hijos. Sentirá la rabia de Ana y las lágrimas de fuego sobre —la una y otra vez escrita— historia de las pinturas, de las exposiciones, de no poder dejar de pintar así, así como se suponía que él pintaba, que él había pintado. Lucrecia había sentido ganas de despertar a su hermana, de decirle que Carlos ya sólo era huesos, que nadie había vuelto a mencionarlo, que seguro si volvía a pintar se encontraría de nuevo. Pero los fragmentos de diario escritos con letra suave en los que Ana decía vuelve, toma otro cuerpo y vuelve, haré para ti para mil cuadros, dos mil, los que sean, dejaré a los niños en manos de mi madre, de mis hermanas, los amo, pero no quiero más ser esta Ana de pies cansados, de buses de todos los días, de juntas escolares, no quiero ser la Ana que tema al gato azul, que dibuja gatos y ovejas infantiles, no quiero ser la Ana que se sienta todos los días a revisar tareas de cálculo, de idioma, quiero ser la Ana de El Cielito, vuelve. Lucrecia que estaba segura que la rabia que le escaló por el cuerpo había rebotado en el piso, contra las paredes y había despertado a Ana que la miraba fúrica. Dame a los chicos, yo me hago cargo de ellos, los ves cuando quieras y vuelves a pintar, tal vez te encuentras otro imbécil como Carlos, tal vez vuelves a perder la cabeza y te sientes de nuevo en el cielito. Ana se había levantado en segundos y la llevaba hacia la puerta. No quiero verte, a ver qué le dices a Loreta, si me pregunta le diré que sólo tú conoces las razones, que te pregunte. Loreta sólo había dicho, ojalá nos diera a los chicos, pero no puedo decirle nada, me voy en un mes y no quiero dejarla enojada, más adelante, cuando me instale, quizá en un año o dos hablaremos de esto, las tres. Si Ana no vuelve a pintar, se muere, está muriendo cada día. Esa noche Lucrecia supo que no volvería a ver a su hermana. Mientras recorre la última calle hasta la oficina, se prometerá que mañana se irá temprano, esperará a que Ana salga con los chicos hacia el bus y le hablará, le dará un abrazo e intentará convencerla de quemar los cuadernillos, de prenderle fuego a todo lo que tenga el recuerdo de Carlos. Has lo mismo que mamá y mientras sube por el ascensor recordará a su madre luego de volver del entierro de Don Santiago. Cuando entraron en la casa, Gregoria se quedó de pie en la puerta, con los brazos caídos a los costados, con los párpados cerrados y las lágrimas corriendo sin parar. Ahí se quedó un rato, uno largo y ni las palabras de Ana lograron que respondiera. Cuando finalmente volvió en sí, fue directo a su habitación, descolgó la ropa de su marido, la olió mientras caminaba hacia el patio y la dejó ahí, al centro, y volvió una y otra vez a la habitación, al patio, al estudio y de vuelta al patio, llevando papeles, algunos libros, un par de fotos, sombreros, el sombrero gris, zapatos. Puso todo ahí y le prendió fuego. Al entrar en la oficina, la secretaria le dirá que don Pablo ya pasó por el cheque, que los vendedores concretaron cinco ventas en lo que va del día, dos para Europa, y le preguntará si quiere café caliente, del que acaba de hacer. La sonrisa de Lucrecia dejará extrañada a la secretaria que en dos minutos le pondrá el café sobre la mesa y le preguntará si necesita algo más, consiga a alguien que pueda romper un mueble de madera. Antes de buscar las llaves de la oficina, Lucrecia beberá despacio el café, pensando en la hoguera de Gregoria, en las lágrimas de Loreta que se aferraba al sombrero que su madre le había dejado conservar, y en Ana silenciosa que tomaba a sus hermanas de la mano y las apretaba un poco más fuerte cuando el fuego crepitaba. Volverá a ver los zapatos azules de su padre quemarse al centro de la hoguera y pasará de nuevo por su memoria la tarde en que tía Carlota le pidió que la acompañara ahí, a la puerta de la Santa Infancia, a dejar unas medicinas para Tada que estaba enferma. Ella iba distraída, siguiendo con la mirada la fila de hormigas rojas para no pisarlas. Cuando pararon frente a la gradita de la entrada de la Santa Infancia, Lucrecia se agachó para intentar ver la entrada del hormiguero, escuchó la puerta abrirse, la mano de tía Carlota apretar la suya mientras un mantén la vista en el piso, llegó casi silencioso hasta sus oídos. Lucrecia verá por un par de segundos los zapatos azules de su padre, nerviosos, bajando la gradita y su pensamiento volverá a saltar hacia la hoguera. Escuchará de nuevo a los vecinos tocar a la puerta y verá la sombra de su madre caminar por el corredor obscuro, abrir la ventanilla de la puerta y asegurar que todo está controlado, sólo estamos quemando algunas cosas, no se preocupe Carmencita, las niñas están bien, estamos bien. Luego Gregoria volverá junto a ellas y juntas verán las cosas de Don Santiago volverse ceniza. Ninguna se animará a preguntar hasta que estén en la mesa de la cocina, tomando chocolate, comiendo pan con la lluvia cayendo afuera y entonces Ana dirá por qué y no terminará la pregunta. Los ruidos de la noche, los autos pasando fuera y el ladrido de unos perros serán el preámbulo de Gregoria que mientras lava su taza dirá las cosas del pasado deben irse, que hay muchas formas de deshacerse de ellas, de dejarlas libres para que encuentren un lugar en la memoria o en el olvido, y uno pueda volver a ser. Lucrecia volverá a pensar en el movimiento del fuego, los colores y las columnas de humo, las chispas y el aroma a ropa, papeles, cuero, fieltro quemados. Confundirá la hoguera de Gregoria con la propia. La misma tarde que las sandalias se subieron al escritorio del padrino Abraham, Lucrecia volvió a casa llorando. Se quedó un rato dentro del auto, conteniendo las lágrimas para que los niños no la vieran, entró, les dijo que papi tenía que salir de viaje, que iba a dejarlos un rato con tía Loreta porque necesitaba llevarle algunas cosas al aeropuerto. Llamó a su hermana, dejó a los niños y volvió. Sentía a su madre guiándola en el ir y venir al closet, al estudio, a la sala, a la cocina. Quemó las cartas, todas, todas en las que Pablo le decía que amaba la arruga de su vestido, los colochos fuera de lugar, la punta del zapato izquierdo un poco más obscura que el del derecho, el pintalabios de un color tan pálido que hacía que su madre pensara en la muerte y que la angustiaba. La secretaria tocará a la puerta, abrirá despacio y se asomará para decir Doña Lucrecia, el señor que hace el mantenimiento de las oficinas puede encargarse del mueble, dice que tiene tiempo ahora, que si le da la dirección él va de una vez, si no tendría tiempo hasta el lunes por la tarde. Lucrecia abrirá una gaveta, luego otra y encontrará las llaves, buscará la que tiene un punto de pintura para uñas rosa, esta es la llave de la bodega al final del pasillo, junto a las escaleras, ahí está el mueble, un escritorio que está quemado.

XI

Ana huye

Llueve. Justo dos segundos después de que el fantasma de Carlos se disuelva, una soledad inmensa calará la piel y los huesos de Ana. Sentirá frío en cada surco del cerebro, el cuerpo se pondrá pesado, Ana intentará moverse pero no podrá, las pastillas la llevarán de nuevo al sueño. Ana se mira en medio de un bosque, es de noche, un árbol inmenso se yergue frente a ella, pasa corriendo Émilie, la hija de la señora Arkes, corre y ríe y se pierde entre los árboles que pronto se convierten en Nueva York que se abalanza sobre ella y la llevan hasta el barcito al que iba los viernes por la noche, a bailar con el rubio aquél que le recordaba a Robert Redford. La ciudad para ahí, en el bar y ella se mira bailando, coqueteando con el tipo que luego, después de unas citas, intentaría llegar más allá sin que ella quisiera. Ana sentirá de nuevo el sabor de la sangre del tipo en su boca, cuando tuvo que morderlo para poder salir corriendo, tomar un taxi y llegar llorando a su habitación en el lindo ático de la señora Arkes. El bar se transformará en la ventana del ático y aparecerá de nuevo el rubio vigilando, siguiéndola cuando salía con los niños y volverá a sentir el año de encierro, de mentiras contadas a sus hermanas por teléfono, de angustia por no poder enviar el dinero para la refrigeradora, la estufa, sentirá el reproche de Loreta que le cuenta del tocadiscos devuelto. Por un año, Ana dejó de salir, se limitaba a ir en auto con los hijos de la señora Arkes. El tipo la estaba siempre afuera. La tercera noche que salió con él no fueron al bar, desvió el auto hacia un campo y dijo que quería mostrarle las estrellas. Ana tuvo miedo y cuando sintió su mano subiendo por sus piernas, el peso de su cuerpo que en segundo tiró el sillón hacia atrás y se puso sobre ella, lo mordió, le sacó sangre de la mejilla y logró salir del auto. No había sentido en él la dulzura de los otros, la fuerza con la que se pegó contra ella la invadió de miedo y mordió, salió del auto, corrió, corrió hasta que una mujer paró en la carretera y la llevó hasta la casa de la señora Arkes, que frente a una taza de té le dijo, boys will always be boys y dijo que podían denunciarlo pero que

seguramente las dos citas previas harían que la cuestionaran, boys
will always be boys. Así me casé, Richard era viejo y yo era a silly
girl, dejaba que me llevara del colegio a la casa hasta que pasó, yo
no pude morderle nada, tenía miedo y ahí están los gemelos. Mi
padre lo denunció y frente a mí, Richard dijo que no era la primera vez que pasaba, que yo estaba enojada con él porque por su
trabajo, ya no podría llevarme a casa todas las tardes. Mi madre
me golpeó frente a todos y cuando comencé a vomitar y querer
comer las aceitunas que antes odiaba, ella misma fue a hablar con
él. Así me casé. Durante semanas, Ana rayará poco a poco el rostro del hombre rubio de una foto que él le había regalado en la
segunda cita. Con un alfiler, un rayón al día hasta que la cara se
pierda, hasta que casi un año después, la señora Arkes entre feliz a
la habitación de Ana y le muestre la noticia en el diario. Habían
encontrado al hombre muerto, ahogado en Staten Island. Los pe-
ces le habían comido el rostro. Ana volverá a ser libre y pronto ol-
vidará que la foto del tipo está ahí, guardada en una gaveta y sólo
volverá a verla el día de la muerte de Carlos y pensará que, si pudo
hacer eso, podrá hacer cualquier cosa, podrá hablar con Carlos.
Ana sueña y ahí dentro, todo parece tranquilo, ve al joven Joseph,
con su sonrisa enamorada, con un ramo de flores en una mano,
con su llanto cuando Ana se subió al taxi que la llevaría al aeropuerto luego de ocho años. Ana vuelve al taxi y a Carlos, la sonrisa de Carlos llenará el interior del sueño, del que Ana intentará
bajarse y la sonrisa de Carlos aparecerá en el rostro sin ojos del
conductor, que frenará abruptamente y desaparecerá para dejar a
Ana frente a sus lienzos, rodeada por los brazos de Carlos que también llenos de pintura, la llevaban del estudio a la habitación, y el
cuerpo la empujará a la cocina, al inicio de fuego que consumía los
zapatos verdes. Ana no puede caminar pero una fuerza extraña la
empuja fuera de El Cielito y la lleva a casa de Gregoria, a su llanto
sobre la cama de su hermana Loreta, a las caricias en el cabello que
le daba Lucrecia, a las mañanas de querer morir, a la opresión en
todo el cuerpo, a los tés de su madre, a sentir que respiraba de
nuevo, a la rabia, a la tristeza de nuevo. Ana recordará el picop

verde que Carlos envió con todas sus cosas, su ropa, sus caballetes, los pomos y los tubos de pintura, pero ni una sola pintura, ni una sola. Volverá a llorar, a sentir que nada tiene sentido y recordará las serie de fiestas, los hombres, los besos con los que pretendía enterrar a Carlos, dejarlo atrás. Se volverá a ver saliendo con el veterinario de cabello abundante y obscuro, verá sus manos cortas tomar las suyas, escuchará sus palabras suaves al oído y tendrá ganas de tener un hijo suyo, un hijo para ella y cuando él le diga que su esposa quiere volver con él, que ha vuelto a la casa, ella sabrá que es el momento y entonces sentirá de nuevo al chico crecer dentro de ella, vendrán las contracciones, el dolor, los gritos, la mano de su madre durante el parto y entonces vendrá el miedo, la falta de trabajo, de dinero para comprar pinturas y lienzos, la soledad, la falta de Carlos, la falta de Carlos, la falta de Carlos y el frío en los surcos del cerebro. Ana sola junto al niño en la cuna, la alegría de una racha de trabajos bien pagados, pensar que el niño crecerá solo, la propuesta para dar clases de inglés en el preuniversitario, el aula con los escritorios y los muchachos frente a ella, sus miradas que la recorrían, la idea del niño creciendo solo, los ojos verdes y la sonrisa del joven de piel dorada que se sienta en el justo medio del salón de clases, su silueta que la espera en la esquina una noche y luego otra y otra, el recuerdo de sus dedos acariciándole el rostro, el beso, la parte trasera del auto convertible, la chica creciendo dentro para hacerle compañía al chico, los ojos verdes proponiendo matrimonio, queriendo dar su apellido, el miedo, miedo a criar a los chicos con alguien que no sea Carlos, la falta de Carlos, la chica saliendo de su cuerpo y Ana sin ganas de ver al tipo de la piel dorada. Ana diciendo la niña no es tuya, mira cómo se parece a mí, no tiene nada tuyo, nada y el muchacho saliendo por la puerta para no volver nunca. El sonido de la puerta, el sonido de la puerta y Ana que no puede moverse, no tiene dinero, siente la angustia de la falta de trabajo, de los chicos que necesitan cosas y de ella que necesita cosas para pintar y vuelve a verse dejando al chico en casa de Gregoria y Loreta, por un tiempo, solamente en lo que logra conseguir un trabajo, rostros y entrevistas, preguntas, la momia, el buen salario, Ana buscando al chico con todas sus cosas, la alegría, la felicidad de sus hijos al estar juntos, las risas, las risas, la celebración por el trabajo, el amigo al volante y el accidente, los perros muertos, Ana encerrándose, prometiendo no salir más, olvidarse de tener amigos, dedicar el tiempo libre, el poco tiempo libre, a pintar, Ana dedicándose al trabajo, la momia, la momia, sus sonrisas, sus miradas, sus mil y un peros a los diseños de Ana, las horas extra trabajadas con la momia viéndola a través de la pared de vidrio de su oficina, recorriendo su espalda, y luego el gato azul, el gatito azul de cuello alargado que la esperaba sobre la silla, el amigo que le grita, que le dice que no vuelve a confiar en ella, que se olvide de la galería, que ya son tres exposiciones canceladas, Ana no puede, no puede volver a pintar. Ana quiere huir pero el sueño no la deja, la soledad le pesa en las articulaciones y no puede moverse, no puede gritar ni pedir ayuda, no puede despertar, el sueño aún no termina. La voz de la momia y su lunes hablamos, la sonrisa que Ana percibió a través del teléfono cuando llamó para renunciar, caerán como lluvia sobre ella y será hasta que el perro amarillo, perciba la angustia que emana del cuerpo de su ama, que pondrá su nariz fría contra una de sus manos y logrará con pequeñas caricias sacarla del sueño, huir.

Loreta sonríe

A la hora que normalmente duerme, Loreta tendrá la vista fija en el techo, repasará una a una las protuberancias que cuidan su sueño, buscará rostros y objetos formados por el concreto que imita el turrón de los pasteles de su infancia y volverá a sentirse acostada en el patio, junto a sus hermanas, riendo en ese último día en la casa de su infancia, buscando formas en las nubes, siguiendo su movimiento con el viento. Entre los acreedores de Don Santiago y las necesidades de cada día, el menaje de casa había quedado reducido a la mesa de la cocina y sus sillas, un sillón largo y dos pequeños, una estufa de mesa que Gregoria había aceptado como parte del pago por la estufa grande de seis hornillas y horno, las camas —al menos sí tenían una para cada una, incluso para Lucrecia que en unas horas partiría con sus padrinos—, una pequeña radio de onda corta, un espejo de cuerpo completo y otro de medio cuerpo que acompañaba la pequeña marquesa de su madre, y dos armarios. En los días anteriores, vecinos y personas desconocidas habían sacado el comedor de diez plazas, los trinchantes, la platera de vidrios biselados, los escritorios de las niñas y el de su padre, la estufa de la abuela Libertad, el refrigerador, las libreras y casi todos los libros de su padre. Por cuestiones económicas y por el espacio en el pequeño apartamento, su madre había decidido que cada una elegiría sólo veinte libros de la biblioteca y mientras las niñas decidían con cuáles se quedarían, Gregoria había tomado los libros de cocina, algunas novelas y su primer libro de lectura, que Rodolfo había incluido en la caja que llegó a tirarle. Ana se abalanzó sobre los de arte, Lucrecia eligió despacio y tranquila, los libros de cuentos que la abuela, su padre y Gregoria le leían. Loreta no vaciló y escogió la librera pequeña en la que estaban los libros prohibidos que su padre guardaba bajo llave. En la penumbra de su habitación, Loreta volverá a pensar en la sonrisa de su madre y en el estupor de Ana que, a pesar de haberlo pensado, no se había animado a pedir nada de esa librera. Gregoria, sonriendo, dijo ahí hay sólo quince, elija otros cinco y entonces Loreta cerró los párpados y caminó tocando el borde de las libreras, dejando que sus manos, sus dedos recorriendo el lomo de los libros, eligieran por ella. Esa noche, Loreta no podrá conciliar el sueño, se levantará de la cama y tomará uno de esos libros prohibidos que cruzaron el mar con ella. Leerá las primeras páginas de una novela erótica, antes de volver a toparse con la voz de su madre confiándole las infidelidades de Don Santiago, haciendo un recuento de las veces que ella había tenido que rogar que le dieran tiempo para pagar la escuela, la comida fiada en la abarrotería de las esquina, las veces que había prometido que a mi esposo le pagan la otra semana y yo me pongo al día. También resonarán en las paredes de su habitación los gritos de su padre, las canciones de cuando llegaba tomado, tambaleándose y entraba en la habitación de Loreta y sus hermanas, cantando, levantándolas para bailar con ellas. Volverá a la mesa de comedor en la que lloró a Edgar y verá de nuevo las manos de su madre rodeando la taza verde. Escuchará de nuevo a su madre decirle tuvo suerte, créalo y la verá levantarse, perderse en el pasillo, abrir y revolver una gaveta en la habitación y volver despacio, con algo en la mano que colocará sobre la mesa sin decir palabra. Loreta sentirá de nuevo la incertidumbre, el no saber si tomar o no la cajita de cartón frente a ella. El tiempo se prolongará mientras el recuerdo de su madre va a la cocina y el silbido de la tetera se apagará y volverán los pasos lentos de Gregoria que llenará las tazas con té recién hecho antes de sentarse frente a Loreta y decir, tengo años de tomar ese medicamento, su padre me hizo un regalito desde los primeros meses que vivimos juntos, uno regalito que molesta a veces, pero molesta para el resto de la vida, me daba pena, mucha pena con él porque yo creí que, creí que había sido yo quien se había enfermado, tenía miedo que me rechazara, que me llevara de vuelta a casa de Rodolfo, que me acusara de mil y una cosas, pasé mucho tiempo padeciendo las ampollas, escondiéndome de su padre cada vez que brotaban. Fueron casi ocho años, hasta que la vecina, se acuerda, Gilda, la que vivía en la esquina, fue hasta que ella me contó que Santiago visitaba la Santa Infancia que supe que era su culpa, no la mía. Fue hasta que ella me dijo que me animé a ir al médico. Usted y Ana estaban en la escuela de arte, pasé dejando a Lucrecia donde Carlota, tomé un bus para ir a una clínica lejana, no quería que me vieran entrar, no quería que nadie que nos conociera se diera cuenta, quizá fue tonto, pero me daba tanta pena, tanta pena que alguien adivinara y ya ve, años, muchos años tengo de tomar esta medicina, a veces aún salen las ampollas, el doloroso recuerdo de su padre. Yo que traté de absorber toda su sensualidad paré compartiéndola quién sabe con qué mujeres. Usted tuvo suerte de darse cuenta de quién es Edgar, quizá se salvó de lo mismo, de padecer sus enfermedades, sus escapadas con otras mujeres, las borracheras, los gritos, además de tener que aguantar a esa vieja. Créame que cuando vino el cartero apresurado a decirme que a su papá lo habían encontrado colgado en su estudio, fui feliz. Nunca fui tan feliz y Loreta recuerda la expresión de alegría en su madre, la sonrisa que tuvo que ocultar cuando el médico llegó con el abogado a descolgar el cuerpo para entregárselo. Unos segundos antes, a Loreta le había parecido que su madre abrazada al cadáver colgante de su padre, bailaba con él y tarareaba una pequeña canción. Ana estaba paralizada y Lucrecia parecía conforme, casi contenta. En los días siguientes, Loreta había encontrado a Gregoria practicando la tristeza frente al espejo para no parecer tan alegra ante los acreedores que vaciaban la casa y la vida de la presencia de Don Santiago. Ella nunca supo qué sentía y esa noche, aunque las lágrimas correrán por sus mejillas, Loreta sonreirá y se entregará a la lectura de la primera novela prohibida que leyó en su vida.

Lucrecia y Pablo

A las cuatro y media en punto, Lucrecia verá desde su ventana cómo —presuroso, bajo la llovizna— el encargado de mantenimiento acomoda los pedazos de escritorio en el baúl de su auto. Terminará el café ya frío, cambiará el escritorio de lugar, lo pondrá junto a la ventana, bajará las persianas, cerrará la libreta de apuntes, apagará el computador, saldrá de la oficina, cerrará la puerta tras ella y le dirá a la secretaria, me voy, por favor prepáreme un informe de las ventas para el lunes por la tarde y consulte con las aerolíneas en cuánto sale un viaje para ir a ver a mi hermana, sí, yo sola, para la otra semana, para el jueves o viernes. Le dirá qué descanse, nos vemos el lunes y bajará por las gradas pensando en la chimenea de su casa, en que hace tiempo que no la prende, que hoy hay un poco de frío y que no caería mal encenderla y dorar marshmallows con los niños. Sonreirá al entrar al auto y manejará los treinta minutos que la separan de casa cantando con la radio, sin pensar en nada más que en el camino y en la chimenea que encenderá minutos después de llegar a casa y encontrar a los niños sentados frente a la mesa del comedor, haciendo los deberes y Refugia dormitando en una silla. Besará a los niños, les contará de la leña y les dirá que los espera en la sala cuando hayan terminado. Mientras enciende el fuego Lucrecia volverá a ver a Pablo sonriente en la oficina, los zapatos tapados de la secretaria que se convierten en sandalias de tacón, verá la puerta cerrada, el sonido del fuego le recordará la rabia escalando por su cuerpo, los gemidos de ella. El calor de la sala le hablará de algo distinto, del calorcito interno que sentía cuando Pablo estaba cerca, del incendio en su cabeza cuando finalmente se animó a besarlo y que se acumuló en su cuerpo hasta cinco meses después cuando él se fue a vivir con ella, que acababa de heredar la pequeña casa de gran jardín de sus padrinos, y la declaró su mujer. Pensará en las noches de sábanas suaves, de besos prolongados, de fuegos en el cuerpo. Una parte de su memoria estará enfocada en la alegría que la llenó cuando él le dijo que quería estallar adentro de ella, llenarla de él, tener un hijo, dos, tres, los que llegaran. Esa parte de ella sonreirá, volverá a sentir la vida subiendo por sus venas, escuchará a Pablo decirle a su madre que no necesita su dinero, que no dejará a Lu por el auto lujoso que tanto le pidió, ni por el viaje a Egipto, y no, tampoco por el apartamento en el edificio que tanto le gusta, no, no madre, no voy a dejar a ninguna otra mujer por usted. Vuelve a escucharlo colgar el teléfono y siente que su cuerpo se tira sobre él, que sus labios le dan un beso y le anuncian la felicidad de los niños, de los paseos y los viajes, la ilusión del negocio juntos, de pasar ahí el día, en la misma oficina, de estar, estar, estar ahí sin la ayuda de Doña Alicia. Pero pronto esa sensación rica, cálida pasará y volverá a helársele la sangre cuando el sonido de la leña quemándose imite los gemidos de la secretaria que en unos años se cansará de Pablo y lo sacará de su casa y le dirá, como en una de tantas telenovela que ha visto en su carrera de ama de casa, he conocido a alguien más, alguien que me hace vibrar, quiero rehacer mi vida, los hijos ya están grandes, ya no nos necesitan juntos, el amor me ha dado una segunda oportunidad, y le pedirá — mientras se cambia los zapatos de ama de casa por unas sandalias blancas, como las de aquél día— vete de la casa, déjame sola, yo hablaré con los niños, vete y déjame. Pablo se refugiará en la casa materna, pero las recriminaciones de Doña Alicia, lo enfermarán, lo pondrán flaco, tanto que un día que llegue por el cheque de las utilidades de la venta de boletos y paquetes turísticos, Lucrecia no lo reconocerá, le dirá buenos días, en qué puedo servirle, porque será temprano, antes de que llegue la secretaria de turno, y Lucrecia no se habrá fijado bien en él y será cuando hable y le diga, hola Lu, cómo estás, vengo a dar una vuelta, a ver si podía hablar contigo y le contará en cinco minutos, sin expresión en la voz ni en la cara, que ella lo ha echado. Lucrecia le preguntará dónde se está quedando y cuando él responda que en casa de su madre y con sólo verla ella escuche la voz de la antigua suegra, ella le dirá sin vacilar que si quiere puede quedarse ahí, en la oficina, le señalará el cuarto al final del pasillo y él preguntará por el escritorio del padrino. Lucrecia esbozará una sonrisa y dirá que ya hace tiempo, muchos años, por lo menos quince que ya no está ahí. Los hijos al conocer la historia le dirán que lo deje quedarse unos días en casa, que le permita recuperarse. Sólo la chica no estará de acuerdo y los primos le recordarán que ella no tiene derecho de opinar, que no es su padre, que no sabe quién es su padre. Pablo volverá y dedicará tiempo al gran jardín de los padrinos, a cultivar flores y verduras, especias y vegetales, y poco a poco irá apropiándose del espacio, de las habitaciones, de la cocina, de cada lugar hasta llegar a la habitación de Lucrecia que ahora, mientras mira el fuego, no sabe nada.

XII

Ana despierta

La fría nariz del perro amarillo guiará a Ana. Su contacto irá espantando el peso de la soledad de sus articulaciones pero no logrará exorcizarla de su cuerpo, del cerebro. Ana despertará con el corazón latiendo a toda velocidad, palpitando en su boca, querrá recuperar el tiempo, levantarse, conjurar de una vez por todas la falta de Carlos, la tristeza por su muerte, al hijo que tuvo con Teresita, querrá deshacerse de la rabia hacia él por robarle los cuadros, por presentar como suyos lo que ella era, querrá tener la certeza de que esta vez sí volverá a pintar, que quitará todo el polvo del estudio al final del jardín, que dará clases de pintura, que eso le ayudará a destrabar la imaginación que ha perdido diseñando telas para la momia, telas con diseños infantiles, con ratones y osos y patos de todas formas, colores, posiciones, telas de florecitas, floresotas, de círculos y triángulos, telas y nada de historias, telas y nada de arte porque después de todos esos años ha inventado todos los gatos del mundo, los perros del universo. Ana tendrá miedo y no querrá estar despierta, buscará de nuevo el fantasma de Carlos pero no lo encontrará ni en los pasillos, ni en la sala, ni en el espejo del botiquín. Afuera llueve y Ana tomará dos pequeñas pastillas para intentar calmar el latido del corazón que aún siente en todo el cuerpo. Al perro amarillo se le erizará el pelo cuando el viento comience a pegar fuerte y abra las ventanas del comedor. Ana saldrá corriendo para cerrarlas y entonces recordará a Carlos furioso porque ella había dejado la ventana abierta y el viento de la tarde y la lluvia habían dispersado los bocetos de Carlos por toda la sala de El Cielito y el agua provocó que se corriera la tinta en algunos. Ana no durmió esa noche, se dedicó a intentar salvar los cuadros de Carlos y que a la mañana siguiente comenzó a llamar a las galerías para intentar convencerlos de que le dieran un espacio de exposición. Ana rabia pero la inunda el miedo de no poder escapar de él, de Carlos, de su muerte, de los cuadros robados, del tiempo juntos que grabó su voz en su cabeza para siempre, para que la escuchara todos los días, para que pudiera reproducir su boca en el espejo, en la almohada, en su cuerpo. Ana querrá prender una hoguera con los recuerdos pero ya no queda nada, nada de él, nada de fotos de ese tiempo, ni de cartas, nada. Sólo los dieciséis cuadernillos de técnicas para llamarlo, de pruebas y métodos fallidos siguen ahí. Ana atravesará el pasillo hasta la puerta que da al jardín, abrirá la puerta, bajará las cinco gradas y caminará a lo largo, en medio de la hierba crecida hasta la puerta casi oxidada del estudio. El olor húmedo, las pinturas secas y los pincele tiesos en frascos de vidrio ya vacíos recibirán a Ana, le preguntarán por qué los ha dejado, los escuchará llorar y se buscará presurosa la botella de solvente, saldrá de ahí corriendo, intentado olvidar el llanto y los reclamos de los lienzos, de las pinturas que suenan como ella. Ana volverá a la casa, pasará a la cocina a coger una olla y la llevará hasta el baño de su habitación. Sacará del fondo del armario las libretitas de las llamadas a Carlos serán bañados con solvente y un fósforo los hará arder. Mientras Ana los observa quemarse, creerá por un momento que está libre de él, de la tristeza, que ha aniquilado lo último que los une, pero pronto se dará cuenta de que él no se ha ido, que la mira desde la puerta, que se ríe de ella y entonces querrá huir, salir de la casa, dejar de pensar en él. Cuando los cuadernillos se hayan consumido por completo, cuando no quede más que el aroma del cartón y del papel quemados al fondo de la olla, Ana recorrerá la casa intentando de nuevo huir de él pero lo encontrará en todas partes, en todos los rincones diciéndole que estará con ella para siempre, todos los días, a cada minuto, siempre, le dirá que no puede tomar otro cuerpo, que no puede volver para que ella le pinte mil cuadros, dos mil, los que sean, le dice que jamás podrá dejar a los niños en manos Gregoria, ni de Loreta, que siempre será la Ana de pies cansados, de buses de todos los días, de juntas escolares, la Ana que le teme al gato azul, que dibuja gatos y ovejas infantiles, la que se sienta todos los días a revisar tareas de cálculo, de idioma. No volverá a ser la Ana de El Cielito y él no volverá.

Loreta sueña

Cuando Loreta le dé la vuelta a la página treinta y cinco, estará pensando en Antonio, en los besos y las noches que se quedó con él en la oficina de la universidad, en las veces que la corrió alrededor del escritorio. Cerrará los párpados y volverá a sentir los pequeños mordiscos que le daba en las mejillas y pensará de nuevo en escribir la carta, en salir una noche, quizá la siguiente a fumar un cigarrillo y dejar la carta en el buzón. Pero aún falta tiempo para que eso suceda y Loreta se siente tan sola que se preguntará si ella tendría el valor de hacer lo mismo que Ana, tener un niño o dos, trabajar para ellos, crialos, cuidar que estén bien, que aprendan y entonces siente el miedo que le daba desde chica eso de tener hijos, recuerda el nacimiento de las navidades, con ese niño dios tan grande y la Virgen tan pequeña, y la idea de proponerle a Ana que le permita llevarse al chico, le da esa sensación cálida que no siente desde que decidió tomar este trabajo, en este lugar tan frío, con gente tan lejana, tan callada, tan ordenada. Poco a poco una volverá a hacer la lista mental de las cosas que quiere llevarles a sus hermanas y los sobrinos, se irá formando en su cabeza: un vestido rojo para Ana y la falda negra en A que ya tiene doblada en el closet, la blusa azul, dos pares de zapatos, unos rojos y unos negros, un par de blusas más que aún no ha comprado; para Lucrecia una cucharita de plata para su colección, un collar de piedras rojas, el reloj que le pidió que le buscara, un par de cajas de té, un suéter de hilo para el verano que le compró en los saldos cuando cambió la temporada y un saco de corduroy café. A los niños les llevará chocolates, ropa y juguetes, quiere llegar llena de regalos, ver a todos contentos, sentir que ríen, comer en una mesa llena de gente y no de fantasmas. Si la chica está con Lucrecia un tiempo, pensaba decirle esa navidad a Ana, usted podría volver a pintar, tan sólo un tiempo Ana, el chico podría aprender otro idioma. Con la mirada fija en la pared, Loreta repasará los planes que tiene para que su hermana deje de trabajar con ese tipo, para que vuelva a pintar y a las exposiciones, que salga de nuevo en la prensa, que brille como antes, como cuando Carlos. Hará cuentas de lo que tiene en el banco y sonreirá pensando que es suficiente, que con eso Ana puede estar tranquila, que ya ha hablado con Lucrecia que estaría más que feliz de hacerse cargo de la chica. Loreta pagará la renta por unos meses, en lo que el café cultural se da a conocer y en lo que se organizan talleres y charlas y eventos como esos que pueden volver a la vida a su hermana que no es la misma desde que dejó El Cielito, que parece muerta en vida, que ya no pinta, que ya no canta como antes, que ya no baila por los pasillos. Loreta extrañará tomar el té con Lucrecia y hablar de las cosas que no importan, de las películas, de los enamorados de antes, de los cuadernos de recuerdos de cuando terminaron la escuela, de las pasiones que levantaron en ellas algunos cantantes, extrañará reírse con Lucrecia y escuchar a Ana contar de la momia, de las cosas que miraba en la calle, de las ocurrencias del perro amarillo, de las ganas que siempre ha tenido de ir a la ópera, extrañará incluso escucharla hablar de Carlos, de los zapatos verdes, de los cuadernillos de la muerte para decirle, por una vez decirle que deje eso atrás, que le prenda fuego a todo. Sentirá las ganas de ver al chico de Ana, de abrazarlo como lo hizo durante el año en que ella y Gregoria cuidaron de él todos los días, tarareará una canción para niños y la sonrisa del chico la llenará de un cosquilleo parecido al mar jugando con los dedos de los pies. . Loreta soñará con Ana al frente del café, con verla dando clases de pintura a niños los fines de semana, sonreirá pensando en las presentaciones de libros, en las exposiciones de pintura que podrían hacerse en el espacio que tiene ya pensado, cerquita de la casa y con un horario de dos a diez para que Ana pueda pintar por las mañanas y deje atrás a la momia, al gato azul que la persigue, a la tristeza por Carlos. Loreta, que durante todo el día habrá recordado a Edgar, a Gregoria y a su padre, se sentirá aliviada de haber escapado a tiempo, de haberse librado hace tantos años ya del daño que Edgar podía hacerle, que Antonio, que cualquier otro hombre podría hacerle. Volverá entonces a la página treinta y cinco y se dejará llevar por la historia de la monja que se escapaba por las noches del convento.

Lucrecia y el apartamento de atrás

Los chicos habrán terminado ya los deberes y estarán frente a la chimenea dorando marshmallows, cuando el fuego bajo de la leña le hable a Lucrecia de la muerte, de la de tía Carlota consumida por un cáncer de hígado que se la llevó demasiado rápido, que la dejó amarilla y de uñas dobladas, que en semanas de inconciencia solamente abrió los párpados y reunió fuerzas una vez para hablar y decirle la casa está a tu nombre, prométeme que vas a venderla después de que muera mi hermano y que con eso construirás un apartamento en la parte de atrás de tu casa, uno para mí, aunque yo no pueda ya ocuparlo, uno para que cuando los niños estén grandes, tengas un espacio para ti. Lucrecia sentirá el aroma agrio de la muerte de tía Carlota y el recuerdo que saltará enseguida a su memoria será el de las flores muertas sobre la tumba de su madre, que la llevarán al olor que desprendían los ataúdes gemelos de sus padrinos y al recuerdo tímido del aroma del cuerpo de su padre, frío, tendido sobre su cama. Lucrecia tendrá miedo cuando llegue a la conclusión de que ese, ese es el olor de la muerte, temblará cuando la memoria del día le indique que hoy, justo hoy ha sentido ese olor, no sabe exactamente dónde, si en la calle, en la iglesia, en la tienda, en casa de tía Carlota, en su oficina, en la puerta de la casa de Ana, no sabe, no podrá localizar el perfume ácido e intentará escapar de la idea, convencerse de que no, que no lo ha sentido. Entre el fuego que le habla de Pablo, de las sandalias blancas de tacón y el miedo a encontrarse a la muerte, la harán querer buscar refugio en otro lado. La lluvia ha parado, Lucrecia se levanta del sillón, le dice a los niños que va un rato al jardín y se asoma a la puerta de la cocina para decirle a Refugia que por favor se vaya con los niños a la sala, que no los deje solos con el fuego y saldrá por la puerta de su habitación que da al jardín. Caminará sobre la yerba húmeda sin saber que en unos años todo ese espacio será parte de los cultivos de Pablo que también se habrá apoderado del patio, de la sala de televisión, de la cocina, del comedor, de la habitación y de la cama de Lucrecia y que intentará por unos meses, unos pocos meses, controlarla a ella, sus horarios, las amigas, las salidas, le dirá que si la llama a toda hora, que si quiere que esté todo el tiempo en casa, que si pregunta por ella en la oficina es porque la quiere, porque se preocupa, porque la ciudad se ha vuelto peligrosa y ella vuelve tarde. Lucrecia que por unos meses, por poco más de un año intentará dejarse llevar, crear de nuevo la idea de pareja, de ellos dos en los primeros años, cuando él llegó con sus maletas para quedarse, para acariciarla noche y día, para besarla y perderse semanas en la cama. Pero la invasión de Pablo, su deseo de saber de ella en todo momento, su forma de disuadirla para que no salga de casa, terminarán por hacer que Lucrecia se sienta encerrada y quiera salir de él, sentirse libre. Cuando Lucrecia abra la puerta del apartamento vacío, no podrá imaginar que muchos años después, la chica estará mudando sus cosas para la casa principal y que será Pablo — resignado a dejar de nuevo la casa, la sala, el comedor, la cocina, la cama— quien se mude ahí hasta el día de su muerte, condenado a mantener la barrera del huerto entre el espacio de Lucrecia y el suyo. Mientras Lucrecia camina por el apartamento vacío del que tantas veces hablara con tía Carlota, sentirá las ganas de que Loreta vuelva pronto, que ya sean las navidades para hablar con Ana de quedarse con la chica un tiempo, unos meses, y contarle de la tía, de su historia de amor con Pilaro, de los recuerdos que tiene de su madre, de la vida con sus hermanas. El timbre del teléfono al otro lado del jardín y el rostro de Refugia sosteniendo el aparato, la sacarán del sueño.

Ana sonríe

Ana abre la puerta del pequeño estudio, escucha al perro amarillo ladrar a lo lejos. El silencio del jardín después de la lluvia le da miedo e intenta conjurarlo moviendo las cosas, los lienzos, los botes de pintura, los pinceles tiesos. El techo gotea, el polvo se levanta y siente a las pequeñas arañas que caminan por las paredes, tras los caballetes, entre las maderas, se paraliza y recuerda a la mantis siendo devorada y se siente así, como ella, adentro de una trampa, en una esquina de la telaraña del fantasma de Carlos que se asoma por la ventana, que la espera afuera para volver a apresar su cerebro, para no dejarla ir nunca, para recordarle que no será jamás la Ana de El Cielito, que será siempre la madre, la que cocina, la que no puede dejar de atender las tareas.. Ana encuentra su reflejo en el espejo que cubre una de las paredes y le huye, le da la espalda, se pierde en las cosas que usaba para crear texturas, telas, papeles, cuerdas delgadas, lanas, cuerdas gruesas, piensa por un momento que usará todo eso el próximo año, cuando forre los cuadernos de los chicos. Toma un lazo largo y grueso lleno de manchas de pintura, lo toma y juega con él, lo mide y sin pensarlo sus dedos recuerdan cómo hacer un nudo corredizo como los que su padre le enseñó en una vacaciones en la finca. Recuerda perfectamente sus instrucciones, casi escucha su voz y dobla y pasa el lazo y en pocos momentos lo tiene entre las manos. La puerta de la cocina que da al jardín se abre, el perro amarillo corre y entra en el estudio, mira a través de la ventana a sus hijos que bajan unas gradas y escucha a Alba, la niñera, llamarlos para que la acompañen a la tienda, los niños entran de nuevo en la casa. El perro amarillo está en la puerta, la observa y Ana sonríe, mira el techo del estudio y la viga sonríe. El perro entra, mueve la cola, la toca con su nariz fría y Ana sonríe y sigue viendo a su alrededor, intentando escapar del fantasma que intimida al perro, que lo hace temblar. Ana intenta distraerse y entonces encuentra la espatulita, la que le daba vida a sus cuadros, la que Carlos no pudo robarle porque ese día, en el estudio, antes de tomar el solvente, Ana la había guardado entre la bolsa de su vestido. La toma y la espátula se rompe. Ana se sube a un banco, pasa el lazo por la viga, ajusta el nudo, baja. Recorre el estudio, llora. Se sienta y acaricia al perro que gime, que mueve nervioso las patas, que cuando la ve levantarse sale corriendo, ladrando, casi aullando después de escuchar el banco caer y unos segundos después el sonido de la espatulita contra el piso. Veinte minutos después, los chicos y Alba la verán ahí, colgada, sonriendo, aun meciéndose un poquito. Alba llamará a Lucrecia llorando, diciendo que no sabe qué hacer con los niños, que no quieren separarse de su madre, que se aferran a ella y que pareciera que están bailando los tres juntos, que no sabe si llamar a la policía o a los bomberos. Lucrecia le dirá que no, que ella llamará a un amigo médico, que la espere, que ya va para allá. Dos minutos después sonará el teléfono en el apartamento de Loreta.

ÍNDICE

La colección *Narradoras Latinoameri-canas* reúne seis volúmenes de cuentos y novelas de escritoras de diferentes países de latinoamérica que están emergiendo con fuerza en la literatura de la región. Con temas diversos pero tratados desde una perspectiva femenina, las voces de estas autoras son algunas de las más originales y destacadas de la narrativa actual en latinoamérica, y en la literatura contemporánea.

Pro Latina Press